3. Loïc : 720°

Chloé Varin

LES INTOUCHABLES

512, boul. Saint-Joseph Est, app. 1
Montréal (Québec)
H2J 1J9
Téléphone : 514 526-0770
Télécopieur : 514 529-7780
www.lesintouchables.com

DISTRIBUTION : PROLOGUE
1650, boul. Lionel-Bertrand
Boisbriand (Québec)
J7H 1N7
Téléphone : 450 434-0306
Télécopieur : 450 434-2627

Impression : Marquis Imprimeur inc.
Conception du logo : Marie Leviel
Mise en pages : Mathieu Giguère
Illustration de la couverture : Josée Tellier
Direction éditoriale : Marie-Eve Jeannotte
Révision : Chantale Bordeleau, Patricia Juste Amédée
Correction : Élaine Parisien
Photographie : Mathieu Lacasse

Les Éditions des Intouchables bénéficient du soutien financier du
gouvernement du Québec — Programme de crédit d'impôt pour
l'édition de livres — Gestion SODEC et sont inscrites au Programme de
subvention globale du Conseil des Arts du Canada.

Nous reconnaissons l'aide financière du gouvernement du Canada
par l'entremise du Fonds du livre du Canada (FLC) pour nos activités
d'édition.

Société
de développement
des entreprises
culturelles
Québec

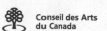

Conseil des Arts
du Canada

Canada Council
for the Arts

Dépôt légal : 2012
Bibliothèque et Archives nationales du Québec
Bibliothèque nationale du Canada

ISBN : 978-2-89549-557-4

D'après une idée de Michel Brûlé

Chloé Varin

PLANCHES D'ENFER 3

Loïc : 720°

LES INTOUCHABLES

Dans la même série
Planches d'enfer, Annabelle : 180°, roman
jeunesse, 2012.
Planches d'enfer, Samuel : 360°, roman
jeunesse, 2012.

Chez d'autres éditeurs
Par hasard… rue Saint-Denis, roman,
Éditions Stanké, 2008.

« Même le plus dur hiver
a peur du printemps. »

— Proverbe français

MOT DE L'AUTEURE

Alors que je commençais à écrire ce roman, le Québec vivait une effervescence politique et sociale que certains ont qualifiée de « crise » et d'autres, de prise de conscience. Notre belle province connaissait un printemps et un été exceptionnellement chauds ; une vague de canicule aussi réjouissante qu'inquiétante. C'est donc dans ce climat d'échauffement social et environnemental que j'ai imaginé les prémisses de cette histoire.

J'espère que vous aurez autant de plaisir à retrouver mes personnages que j'en ai eu à les faire revivre. J'ai choisi de mettre de l'avant mes grands timides — Loïc et Mathis — pour les inciter à s'exprimer, à se livrer davantage.

Je terminerai en avouant qu'il est difficile d'échapper à l'anglais lorsqu'on traite de sports comme le skateboard, le snowboard et le wakeboard, à moins de renoncer, en quelque sorte, à la crédibilité et à l'authenticité du sujet. J'ai donc trouvé un compromis : me permettre quelques petits anglicismes par-ci, quelques termes techniques par-là, à condition de vous fournir un lexique pour traduire et vulgariser certaines expressions plus… nébuleuses, disons !

Ainsi, chaque fois que vous verrez un mot suivi d'un astérisque (*), vous saurez qu'une définition vous attend à la fin de ce livre, dans la section « Jargon du planchiste ».

Bonne lecture !

Chloé ☺

PREMIÈRE PARTIE

HIVER

1

La première chose que remarque Loïc en descendant de l'autobus est le nombre ahurissant de voitures garées dans le stationnement de l'école. Pas mal, pour un vendredi soir de semaine de relâche !

Partout où son regard se pose, le jeune Blouin-Delorme voit des adultes lorgnant nerveusement en direction de ses camarades de classe et de lui. Normal. Les parents sont toujours impatients de retrouver leurs ados en un seul morceau au retour d'un séjour de ski.

Si l'autobus n'est pas garé devant l'établissement à l'heure prévue, plusieurs s'imaginent aussitôt le pire. Blessure sur les pistes, accident de la route, détournement d'autocar… Plus ils attendent, plus leur imagination s'active et plus les plaintes s'accumulent au compteur dès l'arrivée du chauffeur.

Heureusement qu'ils n'ont qu'une dizaine de minutes de retard, sinon les élèves de première et de deuxième secondaire du programme sport-études auraient sans doute été accueillis par des gyrophares ! Déjà, de petits essaims de parents se forment en retrait, alors que d'autres, plus téméraires (et certainement plus envahissants), ne se gênent pas pour encercler l'imposant véhicule telle une horde de cannibales sanguinaires. Certains tendent même les bras vers leur proie, comme cette mère qui en bouscule une autre pour apostropher son fils, un blondinet chétif de première secondaire qui, en cet instant précis, voudrait disparaître de la surface de la Terre :

— Jérémie ! Jérémiiiiiiiie ! Viens voir maman. Tu prendras ton bagage après, quand les grands seront partis.

Loïc frissonne, et ce n'est pas seulement à cause du froid…

— BD, viens !

L'adolescent de quatorze ans se laisse entraîner par ses amis vers la soute à bagages, unique zone épargnée par les envahisseurs. C'est Fabrice qui ouvre la marche en jouant des coudes pour décourager quiconque de se placer en travers de son chemin. Loïc doit reconnaître que son « pote » d'origine française se débrouille plutôt bien ; ils y arrivent en deux temps trois mouvements. Avancer, bousculer, piétiner…

Xavier repère son bagage le premier et s'en empare, surexcité. « Pas surprenant, se dit Loïc, le sac de voyage du Roux est tellement voyant que même un daltonien pourrait le voir dans le noir… Hé ! Parlant de daltonien, Sam devrait déjà être arrivé… »

Il balaie rapidement la foule du regard à la recherche de son meilleur ami, mais, à première vue, nulle trace du frisé parmi la cohue attroupée devant l'école des Cascades de Rawdon. Tandis que Fabrice et Mathis récupèrent leurs sacs respectifs dans le ventre de l'autobus, Loïc en profite pour consulter sa vieille montre Tintin.

« 17 h 12. Qu'est-ce qu'il attend pour arriver, le clown ? J'espère que c'est pas une autre de ses bonnes blagues… », pense-t-il.

Un pli soucieux se forme sur son front, ce qui n'échappe pas à l'œil de celui qui le rejoint.

— T'es sûr qu'il va venir te chercher ? s'inquiète Xavier, courbé sous le poids de son sac en équilibre précaire sur son dos, sa planche, protégée dans son étui, sous le bras.

— Oui, il a promis de venir directement après son tournage à Tremblant.

— C'est trop cool, ce qui lui arrive… humpf… J'en reviens pas encore ! s'emballe le rouquin à lunettes, le visage rougi par l'effort.

— Ouin… moi non plus.

— Il est tellement chanceux d'être commandité… humpf… Je sais pas ce que je donnerais pour être à sa place !

— Bof ! Moi, je suis pas sûr que ça me tenterait… C'est intense, être commandité. Il est toujours occupé !

Un malaise s'installe. Loïc a trop parlé, ce qui est plutôt rare chez lui qui est tout sauf bavard. Il regrette ses paroles, mais il est soulagé de s'être confié à son ami, ne serait-ce qu'un peu...

Depuis que Sam a été recruté par l'équipe de Kaos Snowboard grâce à sa performance audacieuse durant l'épreuve de *slopestyle** de la compétition « Planches d'enfer » (organisée par SON frère), Loïc commence à croire que son ami d'enfance s'est transformé en ami imaginaire. Ils ne se voient qu'à l'école, entre les cours ou pendant l'heure du dîner, parce que Samuel passe presque toutes ses soirées à s'entraîner au mont Tremblant avec ses nouveaux « *bros* du *team* Kaos ». Pfft !

Et comme la mère du frisé refuse que son fils manque l'école pour ses pseudo-engagements professionnels qu'elle juge peu sérieux et, surtout, très dangereux, Sam a dû se résoudre à renoncer au voyage de ski/planche organisé par l'école afin d'occuper sa semaine de relâche à « travailler ». En effet, le frisé a été obligé de faire une croix sur le séjour de trois jours au Massif de Charlevoix avec ses amis parce que, selon son commanditaire, le moment était parfaitement choisi pour tourner la démo de snow que Sam rêvait de réaliser depuis si longtemps. À sa place, BD aurait sûrement fait pareil, mais il n'ose pas se l'avouer, par orgueil.

Loïc sort de sa rêverie en voyant la grande main basanée de Mathis lui passer sous le nez. Celui-ci tente d'attirer l'attention de son père adoptif parmi les parents plus discrets qui demeurent en retrait. Quand l'homme le remarque enfin, Mathis lui fait signe de patienter deux minutes. C'est du moins l'interprétation logique que s'en fait Loïc parce que, connaissant son ami natif de la République Dominicaine, cet index et ce majeur dressés pourraient tout aussi bien symboliser la paix. Après tout, bien qu'il soit né sur une île des Caraïbes dans l'océan Atlantique, Mathis est quelqu'un d'extrêmement «pacifique».

Un râle d'agonie les force tous à se retourner pour constater le triste état de Xavier. Il devient de plus en plus évident que le Roux peine à supporter la charge excessivement lourde de son bagage.

— Rodrigue nous attend, pis Xav tiendra sûrement pas longtemps comme ça. Est-ce que ça te dérange si on part?

— Non, non. Allez-y.

— T'es sûr? insiste Mathis en passant la main dans son épaisse tignasse afro.

— Oui. C'est correct, je vous dis.

— Génial… Salut, BD! conclut Fabrice en commençant déjà à s'éloigner.

— Mais… euh… on se voit à Saint-Côme demain matin? s'informe Xavier avant de se résoudre à partir.

— Ouais… Si nos parents nous laissent sortir, après ce qu'on a fait dans notre chambre d'hôtel hier soir! répond Loïc du tac au tac.

— Ha! Ha! Ouin… J'en reviens pas que la Vipère les ait déjà appelés pour les aviser de notre petit party improvisé avec Bébelle… Elle a pas perdu de temps! s'esclaffe le rouquin de son éternel rire nerveux, reconnaissable entre tous.

— Tu trouves ça marrant, toi? le taquine Fabrice.

— Ben… vaut mieux en rire qu'en pleurer, non?

— Waouh! Ce soir, tu es vraiment trop philosophe pour nous, le Roux! rigole son voisin en lui donnant une légère poussée dans le dos pour l'encourager à avancer plus vite, ce qui a pour conséquence de le faire trébucher.

Xavier pique vers l'avant, momentanément déséquilibré par le poids de son bagage, mais réussit à se reprendre juste à temps. S'il a évité la chute, il n'a toutefois pas la chance d'éviter les ricanements. Les trois garçons peinent à marcher vers la voiture de Rodrigue, tellement ils rient à gorge déployée.

Loïc esquisse un sourire en regardant ses amis se plier pour monter dans le minuscule véhicule hybride de celui qui, à défaut d'être le père biologique de ses enfants, ne consomme que des produits équitables et bio. Cette image le fait instantanément grimacer de plaisir tandis qu'il lui vient une idée de caricature : la famille Simard-Aubin personnalisée par des légumes verts certifiés biologiques. Il visualise très bien Rodrigue en asperge, Sylvie en courgette et Jade en joli petit haricot. Avec son impressionnante crinière, Mathis, quant à lui, serait parfait dans le rôle du brocoli. Pouahaha !

À bien y penser, ce n'est pas drôle si Sam n'est pas là pour en rire avec lui...

Loïc se sent drôlement seul, maintenant que les autres sont partis. Pour se protéger du froid, il relève la capuche de sa veste sur ses cheveux, hirsutes d'avoir passé deux jours sous une tuque. Peine perdue. Le vent glacial le fait toujours claquer des dents, s'infiltrant sournoisement dans ses vêtements.

Le stationnement est presque vide à présent. « Super ! L'école recommence juste lundi, mais rien ne m'empêche de passer la fin de semaine ici », rage-t-il intérieurement. Il tente de se rassurer en se disant que Sam devrait arriver d'une minute à l'autre. Ce n'est pas dans les habitudes de son meilleur ami de lui fausser compagnie.

Des phares percent la nuit, au loin. Le véhicule se rapproche à toute vitesse. Lorsqu'il passe sous un réverbère, Loïc reconnaît instantanément la vieille Jeep familiale. Celle-ci bifurque vers le stationnement dans un crissement de pneus.

L'adolescent est surpris de voir son père conduire avec une telle agressivité, tout comme il s'étonne de le voir arriver, en dépit de l'arrangement qu'ils avaient pris avec Robert, le père de Sam.

La Jeep freine à sa hauteur. Loïc s'engouffre dans le véhicule, envoie valser son bagage sur la banquette arrière et s'empresse de fermer la portière du côté passager. Il se retourne pour saluer son père et…

— Ludo ?!

— Salut, p'tit frère !

— Qu'est-ce que tu fais ici ? Pourquoi c'est toi qui viens me chercher ? demande-t-il à celui qui s'est improvisé conducteur.

— P'pa est resté au travail pour faire des heures supplémentaires, vu que tu devais rentrer à la maison avec Sam pis son père…

— Justement ! Ils sont où, Sam pis Robert ?

— À Tremblant. Ils ont appelé à la maison pour dire que le tournage durerait plus longtemps.

— OK, mais… t'es même pas censé conduire sans accompagnateur ! T'aurais pu demander à Laurent de venir me chercher, à la place !

— Laurent était occupé. Moi, j'étais libre. C'est ça qui compte, non ? T'es pas content de voir ton frérot préféré ?

Loïc élude la question par une accusation savamment déguisée :

— Est-ce que papa sait que t'as pris la Jeep de maman?

— Oui! ment spontanément Ludo, sur la défensive.

— C'est drôle, mais… on dirait que je te crois pas!

« Papa tient tellement à garder le vieux bazou que maman aimait tant en un seul morceau… Ce serait pas très brillant de le prêter à Ludo! » pense Loïc, connaissant la propension de son grand frère à prendre ses responsabilités à la légère. S'il a gagné en maturité grâce à l'organisation de la compétition multidisciplinaire « Planches d'enfer », Ludovic ne s'est toujours pas transformé en modèle de sagesse pour autant… Le voir au volant de la vieille Jeep familiale n'a vraiment rien de rassurant.

— T'aurais préféré que je te laisse te geler les fesses devant l'école jusqu'à ce que papa finisse de travailler, peut-être?

— Non…

« J'aurais préféré passer la soirée avec Sam, comme prévu, mais son maudit tournage de démo pour Kaos Snowboard est pas encore fini! » peste Loïc en son for intérieur.

La fatigue accumulée durant les derniers jours l'a manifestement rendu irascible.

Devinant la déception de son frère, Ludo propose:

— J'étais censé sortir avec Landry, mais si tu veux, on peut passer la soirée ensemble?

— Non, c'est beau. Change pas tes plans pour moi.

— T'es sûr?

— Ouais. Je suis super fatigué, j'ai pas beaucoup dormi la nuit passée. Je ferais mieux de me reposer si je veux être en forme pour aller *rider* à Saint-Côme demain…

— Comme tu veux.

Si Loïc n'a pas vraiment dormi la veille, c'est en grande partie à cause d'Annabelle, la petite nouvelle[1]. Tandis qu'il pose sa tête contre le dossier et ferme les yeux pour se reposer, des images lui reviennent en mémoire. L'adolescente à rastas en pyjama sur le pas de leur porte, brandissant un sac de jujubes sous leur nez pour que ses amis et lui la laissent entrer. Lui, gêné de se retrouver en caleçon devant une aussi jolie fille. La bataille de bonbons qui a finalement dégénéré en bataille d'oreillers. Le visage de la Vipère, contracté par la colère en découvrant une fille dans la chambre des garçons.

Loïc se demande quelle sera la réaction de Sam quand il apprendra que sa belle leur a rendu

---

1   Elle habite la région de Lanaudière depuis plus de six mois déjà, mais il y a fort à parier qu'elle se fera appeler «la petite nouvelle» durant quelques années. Ne devient pas Lanaudois qui le veut…

visite dans leur chambre d'hôtel… Ça risque de ne pas lui plaire. Son meilleur ami ne lui a jamais parlé ouvertement de ses sentiments pour Annabelle, mais BD le connaît depuis assez longtemps pour deviner qu'elle ne le laisse pas indifférent.

Comme s'il lisait dans ses pensées, son aîné demande :

— Qu'est-ce qu'elle voulait, la Vipère ?

— Hein ? Euh… rien…

— Ben, là ! Niaise-moi pas. Elle vient d'appeler à la maison. Pourquoi est-ce qu'elle voulait parler à papa ?

— Pour rien, je te dis !

— Parfait. J'appelle Landry pour lui dire que j'annule notre soirée. Je vais t'achaler tant et aussi longtemps que tu m'auras pas dit ce qui s'est passé !

Loïc hésite à tout déballer…

— OK. Mais tu gardes ça pour toi, hein ? Je veux pas que tout le monde commence à s'imaginer des choses…

— Promis ! s'empresse de jurer Ludo, intrigué.

Il y a quelques mois à peine, Loïc Blouin-Delorme n'aurait jamais imaginé qu'il pourrait un jour se confier à son grand frère. Mais c'était avant le début de la compétition « Planches d'enfer » et l'arrivée d'Annabelle dans la région de Lanaudière.

Avant que Ludo devienne sympathique et serviable plutôt que juste «pas parlable». BD doit reconnaître que, bien que cette compétition ait commencé sous le signe de la rivalité, elle n'apporte jusqu'à présent que d'heureuses retombées. De nouveaux liens se sont tissés entre son frère et lui. Pas de l'amitié ni même de la complicité, mais une certaine forme de respect.

BD est flatté que son aîné soit venu le chercher sans essayer de se défiler (et sans causer d'accident!). Il se doute bien que Ludovic se fera passer tout un savon quand leur père apprendra qu'il a conduit la Jeep sans sa permission, tout comme il sait d'avance qu'il aura lui-même des ennuis en raison de ses écarts de conduite durant le séjour de ski. Mais, au moins, ils seront solidaires l'un envers l'autre. Punis, mais tout de même unis.

Loïc veut bien faire confiance à son aîné sur ce coup-là. Après tout, à défaut de pouvoir partager les péripéties des dernières journées avec son meilleur ami, rien ne l'empêche de se livrer à son ex-pire ennemi…

2

Affalée de tout son long sur l'inconfortable lit de la chambre d'amis, Annabelle sent la colère bouillonner dans ses veines alors qu'elle s'exerce à envoyer des ondes négatives : à son père en particulier, aux adultes en général et — un coup parti — à l'univers tout entier !

« Non mais… les vieux comprennent vraiment rien à rien ! Ils vont toujours imaginer le pire. Comme si TOUS les jeunes étaient des délinquants en puissance ! »

L'adolescente de treize ans n'arrive toujours pas à croire qu'elle est privée de sortie pour une telle niaiserie. Dire qu'ils ne s'étaient pas vus depuis Noël, son père et elle ! Dès qu'elle a pris place dans la voiture paternelle, les reproches ont commencé à fuser. Annabelle se serait attendue à de meilleures retrouvailles, mais, encore une fois, Benoît la déçoit.

Elle repense à la discussion épique qu'ils ont eue au retour du Massif, quelques heures plus tôt :

— *Je viens de parler à Jeanne. Laisse-moi te dire qu'elle était vraiment, mais vraiment pas contente !*

L'adolescente se rembrunit à l'évocation de sa mère.

— Ben, là ! Franchement, j'ai rien fait…, proteste-t-elle en levant les yeux au ciel.

— Tu diras ce que tu veux, ma fille, mais se retrouver dans une chambre d'hôtel avec des garçons, c'est pas rien !

— Ce sont mes AMIS. Pis on faisait juste PARLER ! Qu'est-ce qu'il y a de mal là-dedans ?

— Tu le sais très bien…

— Non, justement ! C'est toi qui sais rien.

Son père quitte la route des yeux quelques secondes pour lui lancer un regard noir, les sourcils froncés.

— Annabelle, surveille ta façon de me parler !

— J'essaie juste de t'expliquer que, dans ma chambre, j'étais pognée avec trois petites fatigantes de secondaire un depuis trois jours… Elles me tapaient sur les nerfs, je les endurais plus, ça fait que je suis sortie. Je voulais seulement dire bonne nuit à mes AMIS avant d'aller me coucher ! On n'a tué personne, t'sais !

— Non, mais ta mère a failli faire une crise cardiaque en l'apprenant, par contre ! grogne-t-il, courroucé.

— Je te dis qu'il s'est RIEN passé. Les adultes, vous capotez tellement pour rien ! Vous allez toujours imaginer le pire.

— *La discussion est close, en ce qui me concerne. T'es privée de sortie pour la fin de semaine, un point, c'est tout.*

— *Mais…*

— *À ton retour dimanche, la coupe-t-il, tu régleras ça avec ta mère…*

Pfft! Loin de la calmer, ces méditations ravivent sa colère.

N'empêche qu'elle ne regrette aucunement sa petite visite dans la chambre des gars. Dire qu'elle a vu BD en caleçon! Cette pensée coquine la réconcilie un bref instant avec sa punition, mais la frustration reprend aussitôt le contrôle de ses émotions.

Annabelle bondit de son lit et entreprend de faire les cent pas dans la pièce en répétant «mon père m'énerve, mon père m'énerve, mon père m'énerve…» tel un mantra pour se défouler. Sans résultat. Elle se sent encore et toujours comme un animal en captivité.

Elle va se poster devant le meuble le plus proche de la porte et tend l'oreille pour capter les bruits qui lui proviennent de la cuisine, au rez-de-chaussée. Benoît écoute le bulletin de nouvelles de dix-huit heures en cuisinant, comme si de rien n'était, plus réceptif à la crise sociale qui secoue la planète qu'aux drames qui éclatent sous son propre toit. Depuis qu'ils sont rentrés, il se comporte comme si sa fille n'existait pas.

« Je l'haïs tellement ! C'est vraiment sans cœur de m'empêcher de voir Léa pis Zoé… pour une fois que je peux passer une fin de semaine complète à Pont-Rouge ! » rage-t-elle, impuissante.

Il lui vient une idée. Annabelle déniche un stylo et griffonne à l'intention de son père : « JE DORS. NE PAS DÉRANGER. » Puis elle colle le bout de papier sur le battant de la porte à l'aide de sa gomme à mâcher. Elle déploie toutes ses forces pour déplacer la lourde commode vers la droite de façon à bloquer l'ouverture, et donc l'accès à sa chambre. Ses biceps répondent difficilement, ankylosés d'avoir amorti quelques chutes brutales en planche à neige durant le séjour au Massif, mais pas question de laisser une insignifiante douleur musculaire la freiner !

Une fois sa besogne accomplie, elle prend son précieux téléphone cellulaire (récupéré des mains de la Vipère au retour des vacances de Noël) dans la pochette avant de son sac à dos. La blondinette à rastas pianote rapidement sur le mini-clavier pour écrire à Léa, son ex-meilleure amie dont elle n'a reçu aucun signe de vie depuis mille ans, il lui semble :

« T'es où ? Je viens te rejoindre… je suis en ville ! :-D xxx »

Message envoyé. L'adolescente attend, fébrile. Une minute s'écoule, puis deux… Pas de réponse de Léa. Annabelle commence à s'impatienter. Aux grands « mots » les grands remèdes ! Elle se connecte à son compte MSN grâce à son téléphone intelligent, malgré l'interdiction de sa mère (ça coûte trop cher, blablabla), et prie pour que Léa soit en ligne. Ses yeux parcourent fiévreusement la liste de ses amis et…

Affirmatif ! Léa y est, ce qui est un miracle en soit, considérant qu'elle ne se connecte maintenant que très rarement… Annabelle commençait presque à croire que sa *best* l'avait bloquée pour l'éviter.

Elle ne perd pas une seconde de plus :

Annabillabong_16 dit : Hé ! :)

Annabillabong_16 dit : LÉA, RÉPONDS STP !

Annabillabong_16 dit : Je suis à Pont-Rouge. On pourrait peut-être se voir ? Ça fait longtemps…

Léarrrggghhhh dit : Salut…

« Youpi ! Elle daigne enfin me répondre ! » pense Annabelle, soulagée.

Annabillabong_16 dit : Hé, ça va ? T'es où ?

Léarrrggghhhh dit : Dans ma chambre… J'suis privée de sortie.

Annabillabong_16 dit : HEIN ? Moi aussi ! ! !

Annabillabong_16 dit : Qu'est-ce que t'as fait ?

Léarrrggghhhh dit: Bah, c'est une longue histoire…

Léarrrggghhhh dit: Toi ?

Annabillabong_16 dit: Moi aussi, disons ! ;)

Annabillabong_16 dit: C'est fou ! J'aurais tellement de choses à te raconter ! Pis j'imagine que c'est pareil pour toi…

Annabillabong_16 dit: Qu'est-ce que tu dirais si je venais faire un p'tit tour chez toi ?

Léarrrggghhhh dit: Tu viens de dire que t'es privée de sortie ! Ton père te laissera jamais sortir…

Léarrrggghhhh dit: De toute façon, les miens te laisseraient pas entrer non plus. À la limite, ils te prendraient en otage pour avoir de tes nouvelles… Mais c'est clair qu'ils te laisseront pas descendre me voir au sous-sol.

« Elle est ben à pic ! Coudonc, est-ce que c'est *elle* ou ses parents qui refusent que je vienne la visiter ? » s'énerve Annabelle.

Elle décide d'en avoir le cœur net en testant l'amitié de Léa de façon détournée :

Annabillabong_16 dit: Hé ! Hé ! Ouais, c'est bizarre, mais… je pense que moi aussi, je m'ennuie d'eux ! Mais pas autant que de toi, là…

Léarrrggghhhh dit: Ouin.

Annabelle fixe l'écran, contrariée. Elle aurait certes espéré plus d'enthousiasme et de considération de la part de Léa. S'il s'agissait d'un test, l'adolescente doit reconnaître que son amie y a lamentablement échoué.

Annabillabong_16 dit : Euh… T'es sûre que ça va ? T'as l'air bizarre.

Léarrrggghhhh dit : Ouais…

La réponse de son amie est loin de la satisfaire. Léa doit vraiment filer un mauvais coton, elle qui est généralement si exubérante et expressive. Annabelle aurait envie de lui répondre par une série de points d'interrogation pour exiger des explications, mais elle préfère s'en tenir à son idée initiale :

Annabillabong_16 dit : Attends-moi, je m'en viens.

Annabillabong_16 dit : Tu te souviens de la méthode Spiderman ? ;)

Léa tarde à répondre. Annabelle mordille sa lèvre inférieure, hésitante.

« Bah ! Qu'est-ce que ça peut bien me faire ? Au moins, je sais qu'elle est à la maison. C'est ça, l'important ! » tâche-t-elle de se convaincre. Elle tape :

Annabillabong_16 dit : En tout cas ! Tu regarderas par ta fenêtre dans genre dix minutes.

Annabillabong_16 dit : À tout de suite ! xxx

Léarrrggghhhh dit: Non. C'est pas une bonne i…
Annabillabong_16 est actuellement hors ligne.

Annabelle a pris une décision et rien ne la fera changer d'idée. Elle doit mettre les choses au clair avec Léa pour enfin comprendre ce qui a eu raison de leur amitié. La distance aurait-elle condamné leur complicité légendaire à se couvrir de poussière comme ces vieilles photos d'elles qui trônent sur son étagère?

Il n'y a qu'une façon de le savoir.

L'adolescente enfile sa veste de laine et sa tuque, puis farfouille dans son sac de voyage à la recherche de son coupe-vent et de ses petits bottillons Roxy. Ce ne sera certainement pas suffisant pour la protéger du froid, mais elle s'en contrefout. Impossible de retourner dans le vestibule, au rez-de-chaussée, pour y prendre son manteau et ses bottes d'hiver sans éveiller les soupçons de son père…

En guise de coupe-faim, Annabelle glisse le reste de sa réserve de jujubes et de chocolat — largement entamée durant le séjour au Massif avec les gars — dans les poches de son coupe-vent. Elle espère que ces friandises dont raffole Léa joueront en sa faveur pendant ces retrouvailles qu'elle voudrait mémorables.

Annabelle se dirige d'un pas assuré, quoique silencieux et léger, vers l'unique fenêtre de la pièce. Quand elle tente de l'ouvrir, celle-ci oppose une certaine résistance en raison de la glace figée sur le pourtour. Ouch! Nouvel élancement dans ses biceps ankylosés.

Une bourrasque s'engouffre à l'intérieur et vient lui mordre le visage dès qu'elle parvient à faire glisser la vitre pour passer la tête par la fenêtre. Son regard se pose sur le dénivelé du toit enneigé, puis sur la gouttière qui lui permettra de glisser jusqu'au sol, contre la face latérale de la maison.

«Ouf! Ça fait longtemps que j'ai pas fait ça!» pense-t-elle.

Annabelle réalise qu'elle transpire abondamment quand l'humidité glaciale de cette soirée de février commence insidieusement à lui transpercer les os.

C'est avec les mains moites et le cœur qui palpite qu'elle enjambe le chambranle, puis s'applique à refermer la fenêtre de la chambre en douceur derrière elle. Prévoyante, la jeune rebelle prend soin de laisser une mince fente de façon à la rouvrir pour s'y faufiler discrètement à son retour.

Attentive aux sons qui proviennent de la maison, elle reste immobile un instant, en équilibre précaire sur le toit. L'adolescente est persuadée d'avoir entendu quelque chose, comme un cognement. De la buée sort de sa bouche pour accompagner chacune de ses respirations rendues saccadées par la nervosité. Ce bruit suspect la tient péniblement aux aguets.

Annabelle voit une ombre passer sous la porte de sa chambre. Son père est sur le seuil.

«Oh, mon Dieu! Faites qu'il essaie pas d'entrer, sinon il va se rendre compte que la porte est bloquée!» panique-t-elle en se dépêchant d'ouvrir la fenêtre pour y passer la tête, prête à intervenir.

Des pas dans l'escalier lui indiquent toutefois que son père a pris la sage décision de redescendre au rez-de-chaussée. Tout porte à croire que son écriteau l'a dissuadé d'entrer. Parfait!

Elle l'a échappé belle… mais ça y est, elle peut partir.

Annabelle referme la fenêtre avec la même délicatesse que la première fois et s'approche prudemment de la gouttière. Une anecdote de son oncle Bernard lui revient en mémoire: « Quand on était jeunes, ton père et moi, on faisait du ski sur le toit de notre maison après chaque grosse bordée de neige! »

Plutôt difficile d'imaginer le fade informaticien qu'est devenu Benoît faire de telles folies… En revanche, l'adolescente se verrait très bien dévaler la corniche pentue sur sa planche!

Dommage que son précieux snowboard soit resté dans le vestibule. Elle devra s'en tenir à la vieille méthode inventée avec Léa en hommage au film *Spiderman 3* qu'elles sont allées voir ensemble au cinéma, il y a de cela quelques années, alors que leurs mères regardaient une comédie romantico-ennuyeuse dans la salle d'à côté.

Ah, Léa…

Annabelle se fait la promesse d'arranger les choses ou, du moins, de clarifier la situation d'ici la fin de la soirée. Elle se sent d'attaque pour une bonne discussion. L'adrénaline afflue dans ses veines alors que, telle une fugitive professionnelle, elle met son plan d'évasion à exécution…

La jeune rebelle devient l'héroïne d'un film d'action ou, mieux, d'une bédé comme celles que dévore Loïc à longueur de journée. Un délicieux frisson lui parcourt l'échine tandis qu'elle fonce dans le noir, le regard pétillant de malice.

Elle disparaît dans la nuit. Ni vue ni connue.

3

S'il n'a rien d'un acteur, Samuel espère néanmoins être à la hauteur. Il tourne son tout premier film, c'est vrai, mais il ne voudrait tout de même pas passer pour un amateur !

Les yeux rivés sur la descente audacieuse menant au *big air**, le frisé cherche désespérément à se convaincre : « Celle-là, c'est la bonne ! Je le sens… »

Si son calcul est bon, il s'agira de sa vingt-deuxième tentative pour réussir le défi que l'équipe de Kaos Snowboard lui a lancé après qu'il a accompli une série de figures intéressantes, mais insuffisantes : exécuter un *rodeo* 540°, soit la combinaison d'un *backflip* suivi d'une rotation* de 180°, devant l'œil indiscret de leur caméra hyper-sophistiquée. Une figure laborieuse que le jeune planchiste n'avait jamais envisagée auparavant.

Depuis 11 h ce matin, l'adolescent de treize ans (et demi) se donne à cent dix pour cent. Il n'est donc pas surprenant que la détermination commence à céder la place à la fatigue et au découragement.

Pourtant, l'ambiance dans laquelle se déroule le tournage de sa démo ne pourrait être plus amicale et décontractée. Même qu'à bien y penser, les gars de Kaos sont tellement attentionnés envers Sam et son père que le jeune planchiste se sent (presque) coupable de ne pas réussir à leur donner ce qu'ils demandent.

Dire qu'il s'attendait à une partie de plaisir pur et dur! Sam n'aurait jamais pensé que ce serait aussi long et ardu, ni qu'il devrait mettre son orgueil de côté en acceptant de se déguiser, à la demande de Vincent, le réalisateur engagé par Kaos pour tourner sa démo:

— Vu que les gens te surnomment Sam «Bozo» Blondin, on s'est dit que ce serait génial que tu portes un costume de clown pour le restant du tournage! Qu'est-ce que t'en penses?

— Euh... c'est une blague? a spontanément réagi Sam, hésitant à lui expliquer que le surnom Bozo est né d'une farce douteuse de l'organisateur de la compétition «Planches d'enfer», qui est aussi le grand frère de son meilleur ami.

— Non, non! Nic a apporté tout ce qu'il faut. Nic, va chercher le costume pour lui montrer! a ordonné le réalisateur à son accessoiriste-assistant-directeur-artistique[2] avant de reporter

_____

2   Le frisé serait bien en peine de nommer la fonction exacte de Nic au sein de l'équipe de tournage. Ses connaissances en la matière sont plutôt limitées... presque nulles, en fait.

son attention sur Samuel. C'est cool, ce que tu fais depuis ce matin. Pour vrai. T'es super télégénique! Tes *grabs** et tes *flips** sont hallucinants…

De plus en plus sceptique, Sam s'est contenté de dévisager ce trentenaire aux airs d'éternel adolescent. Non seulement il n'a aucune idée de ce que «télégénique» signifie, mais il n'aurait jamais pensé que le terme «hallucinant» pourrait s'appliquer à ses figures… Waouh! C'est flatteur, venant d'un vieux *rider** devenu réalisateur.

— Mais…, a poursuivi Vincent, on dirait que ça manque de piquant, de sensationnel… Je sais pas!

Nic est revenu au même moment, les bras encombrés du déguisement qui, même à plat, semblait déjà ridicule aux yeux de Sam, d'autant plus qu'en raison de son daltonisme, la perruque et le nez rouges lui apparaissaient d'un beau vert malade plutôt rebutant.

Vincent s'en est emparé pour le brandir devant le regard ahuri de l'adolescent.

— Avec ça, je te promets que tu vas faire des flammèches, mon gars! Imagine: *rodeo* 540° avec ta perruque rouge qui *clashe* comme une tache de sang sur fond blanc. Ça va rentrer dans l'imaginaire des gens, c'est clair! Comme le segment du

---

Et Sam ne voudrait surtout pas paraître impoli en demandant: «Est-ce que t'es juste accessoiriste ou genre assistant-directeur de je-sais-pas-quoi?»

cab corked 540° de JP Solberg avec son costume de lapin dans le film *Transcendence*[3]. Les images étaient délirantes! C'était de la bombe!

S'il connaît le nom de JP Solberg, Samuel serait toutefois incapable de se rappeler ce «segment mémorable» pour la simple et bonne raison qu'il avait à peine trois ans quand le film est sorti et qu'il ne l'a, par conséquent, jamais vu.

Qu'importe, il n'a rien laissé paraître:

— Hé! Hé! C'est vrai que c'était malade!

— Ouais, le mot est faible. Si le résultat est aussi solide que je l'imagine, tu vas faire une entrée fracassante chez Kaos en plus de faire fureur sur YouTube. Tu vas être une vedette du Web, *Bozo*!

«Ha! Ha! Il pense vraiment que les gens me surnomment Bozo! Est-ce que je devrais lui dire que personne m'appelle comme ça sauf Ludo? Bah, c'est un détail…», pense Sam avant d'aller à l'essentiel:

— Tu crois réellement que ma démo pourrait être vue par beaucoup de monde?

— J'ai pas tellement de contrôle là-dessus. Mon travail, c'est de te mettre en valeur pis de te faire connaître par l'industrie avec une démo assez originale pour que tu te démarques des autres. T'as du talent, t'as du style. Je serais pas

---

3 Un film de snowboard réalisé par Absinthe Films en 2001.

surpris que t'aies des admiratrices avant longtemps…

« Des groupies ? Moi ? »

Maintenant qu'il a enfilé le costume à pom-
pons et qu'il est affublé de sa perruque et de son
nez de clown (qui pue !), Sam doute franchement
que les filles le trouvent séduisant avec un pareil
accoutrement. Mais, puisque le ridicule ne tue
pas, il a fini par admettre qu'il vaut mieux passer
pour une tête brûlée que pour un dégonflé.

Au lieu de se laisser déconcentrer par l'objectif de la caméra, Sam décide de se recentrer
sur son propre objectif : éblouir l'équipe comme
il se doit pour terminer la journée en beauté et
aller rejoindre BD.

Il visualise une dernière fois les étapes qu'il
devra enchaîner pour obtenir l'effet escompté :
gagner de la vitesse en s'approchant du plan
incliné, balancer son poids sur la planche de
façon à ce qu'environ soixante pour cent de sa
masse soit répartie sur le devant du snowboard
au moment où il atteindra l'extrémité du module, entraîner son corps dans une vrille vers
l'arrière en cambrant son buste, puis pivoter
dans une rotation latérale de 180° avant de
retomber sur le sol.

Pas facile, mais parfaitement réalisable avec
un parfait dosage d'énergie, de concentration et
de motivation.

C'est le moment ou jamais. Ça y est; il est prêt.

« Bon. J'arrête de penser qu'il est tard pis que les gars de Kaos et BD doivent commencer à trouver le temps long... Cette fois, il faut que ce soit la bonne! J'ai réussi un 720° en finale durant l'épreuve de *slopestyle*, je vois vraiment pas pourquoi je serais pas capable de faire un 540° aujourd'hui. Le truc est différent, mais je peux certainement le faire! Les doigts dans le nez, même... Tiens, ce serait drôle! Je me demande si Vincent trouverait ça "télégénique"... »

Samuel chasse aussitôt cette idée saugrenue pour faire le vide dans sa tête et le plein de musique dans ses oreilles. Il s'élance vers la piste glacée et sent l'assurance le gagner tandis que sa planche prend de la vitesse, déjà impatiente de décoller.

Les premières notes de la chanson *Kiss the Sky* l'attirent irrésistiblement vers le ciel. Chaque fois qu'il l'écoute, il lui pousse des ailes. Cette musique de Shawn Lee's Ping Pong Orchestra restera à jamais gravée dans sa mémoire comme étant celle qui lui a permis de se qualifier pour la finale auprès du Gros Landry et de Yann-A. Gagné, le 4 février dernier.

Alors qu'il quitte le sol pour s'élancer dans les airs, la tête et les épaules rejetées vers l'arrière, les souvenirs de cette date marquante lui reviennent en mémoire.

Des images l'assaillent, pêle-mêle : la foule tapageuse ; les élèves de Félix-Léclair avec leurs bandeaux imprimés d'un éclair ; l'arrestation du voleur de planches ; Yann-Alexandre Gagné à côté de lui sur l'espèce de podium improvisé ; Annabelle lui donnant un bisou sur sa joue rougie pour le féliciter de sa performance[4]…

Cette dernière pensée lui redonne suffisamment d'élan et de cran pour achever son *backflip* par une élégante rotation. Ce n'est qu'une fois retombé au sol, après avoir réceptionné sa figure avec aplomb, que Sam réalise que non seulement il a réussi son épreuve de « rodéo » hivernal avec brio, mais que le truc qu'il a exécuté est en réalité un 720°, soit un demi-tour de plus que prévu ! Comment est-ce possible ? Il n'en a aucune espèce d'idée, mais c'est la vérité.

Sam rejoint l'équipe de Kaos Snowboard et son père, le visage fendu d'un sourire, gonflé de fierté. On le comprend : après une telle prouesse, il peut bien s'attendre à des applaudissements… et c'est d'ailleurs l'accueil que lui réservent les gens qui l'accompagnent. Il se retrouve instantanément encerclé par tous ces pseudo-adultes qui s'expriment comme des adolescents, se laissant

---

4   Voir *Planches d'enfer, Samuel : 360°*.

volontiers couvrir d'éloges et bousculer allègrement. Vincent annonce la fin du tournage,
et donc de la journée:

— C'est un *wrap*, tout le monde!

Sam profite de sa minute de gloire pour
lancer à la blague:

— Euh… parlant de «rap», elles sont où, mes
groupies?

Et voilà que tout le monde rit… sauf lui.

La seule fille qu'il rêverait d'avoir pour
groupie semble lui échapper, petit à petit.
Samuel est impatient (et mort de trouille!) à
l'idée de retrouver Annabelle au retour de la
semaine de relâche, lundi.

Et si Shakira junior s'était fait un petit ami en
son absence? «Les jolies filles ne restent jamais
seules bien longtemps», lui a déjà dit son cousin
Jonathan, un Noël.

Sam craint d'avoir pris la mauvaise décision
en choisissant de faire le clown devant une caméra plutôt que d'aller passer du bon temps avec
ses amis au Massif de Charlevoix.

Une des chansons préférées de sa mère lui
revient en mémoire:

Ça vaut pas la peine
De laisser ceux qu'on aime
Pour aller faire tourner
Des ballons sur son nez

Ça fait rire les enfants
Ça dure jamais longtemps
Ça fait plus rire personne
Quand les enfants sont grands[5]

Samuel a toujours trouvé cette chanson d'un ennui mortel, mais curieusement, on dirait qu'à présent, ses paroles l'interpellent… Il comprend parfaitement le phoque de l'histoire; lui aussi se sent bien loin de ses amis et de celle qu'il aime, ce soir.

À cet instant précis, Sam n'a qu'une envie : rentrer au village et retrouver BD pour rattraper le temps perdu. Qu'il le veuille ou non, son meilleur ami devra lui faire un compte rendu précis de tout ce qu'il a manqué.

À prendre ou à laisser.

5   *Complainte du phoque en Alaska*, Beau Dommage, 1974.

4

Durant une fraction de seconde, Annabelle croit s'être trompée de maison… avoir cogné à la mauvaise fenêtre, dérangé la mauvaise personne. L'instant d'après, elle réalise l'absurdité de la situation. Bien sûr qu'elle est au bon endroit! Elle est venue ici un bon million de fois. Comment aurait-elle pu se tromper?

Les deux genoux enfoncés dans la neige, elle met ses mains en visière devant la fenêtre de la chambre de Léa pour épier sournoisement à l'intérieur et se prouver qu'elle a raison. La pièce est plongée dans l'obscurité, à l'exception de l'éclairage diffus projeté par l'écran d'un ordinateur. Elle aperçoit Dodu, l'énorme chat de la famille Savoie, vautré dans un amoncellement de vêtements sales, non loin.

Le désordre qui règne dans la pièce lui est familier, mais Annabelle ne peut toutefois pas en dire autant de l'adolescente précieuse qui clavarde sous son nez. Il y a erreur sur la personne. Une intruse a élu domicile dans la chambre de Léa! La preuve : combien de fois sa meilleure amie lui a-t-elle juré qu'elle préférerait aller en enfer plutôt que de ressembler à toutes ces filles qui s'habillent sexy juste pour plaire ?

« Si un jour tu me vois habillée en rose, en léopard ou en n'importe quoi qui fait nunuche, tu as intérêt à m'arracher les vêtements de sur le dos. Sérieux. J'aimerais mieux brûler vive que de ressembler à ça ! » lui avait confié Léa durant une de leurs rares virées aux Galeries de la Capitale, alors qu'elles venaient de croiser trois filles d'une vingtaine d'années si peu vêtues qu'il ne fallait même pas une once d'imagination pour les imaginer toutes nues. Leur réaction avait été instantanée : « Beuuurk ! » Le trio de Mac-Poulettes faisait certes tourner les têtes, mais Annabelle et Léa s'étaient juré qu'elles privilé-gieraient TOUJOURS le confort d'un vieux jeans et d'une bonne paire de souliers de skate à la coquetterie typiquement féminine qui com-mence par des minijupes et des talons hauts, et qui se termine par l'épilation à la cire chaude, le maquillage et les strings… Double (triple, quadruple ?) ouache !

Jamais elles ne tomberaient dans le piège des apparences, qu'elles s'étaient dit… pas tout à fait dans ces mots, mais c'était du moins l'intention qui s'en dégageait, du haut de leurs onze ans.

Or, l'adolescente obnubilée par sa conver-sation virtuelle, de l'autre côté de la fenêtre, ressemble désespérément à une jeune recrue du trio de MacPoulettes : cheveux mi-longs, camisole fuchsia au décolleté plongeant, yeux outrageusement maquillés… Contraste choquant avec la Léa d'avant qui avait les cheveux si courts qu'on la prenait parfois pour un garçon, emmitouflée dans ses vêtements d'hiver, et qui idolâtrait tellement son frère qu'elle portait volontiers ses chandails devenus trop petits avec le temps (ou parfois prématurément, avec la sécheuse !).

« C'est qui, *elle* ? » s'interroge Annabelle, horrifiée.

Les doigts rougis par le froid, elle cogne trois autres petits coups contre la vitre. Juste assez subtils pour annoncer de nouveau sa présence à la principale intéressée sans toutefois alerter ses parents, à l'étage.

Léa l'a entendue, cette fois. Elle se rue vers la fenêtre, le regard noir.

— T'es folle ! Qu'est-ce que tu fais ici ?

— Je t'avais prévenue que je m'en venais…

— Oui, mais je pensais pas que c'était vrai !

— …

— Pourquoi tu me regardes comme ça ? Allez, entre avant que mes parents te voient !

Annabelle ne se fait pas prier. Elle s'infiltre par l'ouverture exiguë et atterrit rudement sur le sol, ayant mal évalué la distance qui la séparait du plancher. « Ouf ! Un peu rouillée, la fille. » Elle se relève pour faire face à son amie. Ce qu'elle voit la pétrifie. Où est passée la bonne humeur contagieuse de Léa? Pourquoi se contente-t-elle de la fixer, l'air contrarié? N'en pouvant plus, la visiteuse se résout enfin à rompre le silence de la façon la plus banale qui soit:

— Quoi de neuf?

— Bah… mes parents sont cons. Mais, ça, c'est pas nouveau.

« C'est pas vrai! Tes parents sont vraiment cool… », pense Annabelle qui se contente toutefois de glousser d'un rire nerveux pour ne pas la contredire.

— Toi? Qu'est-ce qui se passe de bon dans ta nouvelle vie? demande Léa sans même esquisser un sourire, d'une voix franchement indifférente, il lui semble.

— Plein de choses! s'enthousiasme Annabelle, bonne joueuse. Je me suis fait des nouveaux amis vraiment formidables, je vais participer à une compétition de skate dans une couple de mois. D'ici là, je profite à fond de la saison de snow!

— Cool.

Brrr! En arrivant, Annabelle a eu envie de prendre son amie dans ses bras, mais elle vient de mettre le doigt sur ce qui l'en a empêchée. La froideur de l'hiver lui paraît désormais tolérable comparativement à l'accueil glacial que lui réserve Léa. Comme si le lien qui les unissait s'était brisé… mais pourquoi?

— Pourquoi t'es privée de sortie?

— Parce que j'ai pas respecté mon couvre-feu. Toi?

— Pas mal pour les mêmes raisons…

— …

Annabelle porte la main à sa bouche pour ronger l'ongle de son majeur. Elle se ravise en réalisant que son geste pourrait prêter à confusion. Le moment est mal choisi pour faire un doigt d'honneur à sa meilleure amie!

« Ex-meilleure amie? » s'interroge-t-elle à regret.

L'adolescente a le sentiment d'avoir beaucoup changé ou, mieux, d'avoir évolué depuis le début de sa nouvelle vie à Rat-D… Rawdon, mais ce n'est rien par rapport à la métamorphose extrême qui s'est opérée en Léa. « Moi, j'ai grandi, mais elle… elle a vieilli », constate-t-elle tristement.

Ces retrouvailles lui laissent un goût amer dans la bouche. Pour y remédier, Annabelle attrape son petit sac de jujubes qu'elle tend à son amie en guise de trêve :

— T'en veux?

— Non, merci. Je surveille ma ligne. J'essaie d'éviter les cochonneries.

— Ah bon… Tant pis pour toi! fait Annabelle en engloutissant une poignée de bonbons, ne sachant trop quoi répondre à une telle aberration.

Ainsi donc, Léa surveille son poids… Mais pour qui? Pourquoi? Annabelle hésite à lui poser la question de peur de connaître la réponse; c'est pour cette raison qu'elle fait plutôt dévier la conversation:

— Depuis quand t'écoutes du rap? demande-t-elle pour meubler le silence, laissant percer une pointe de mépris, bien malgré elle.

— Depuis que j'aime ça.

— OK, mais… depuis quand t'aimes ça?

Son amie se contente de hausser les épaules, lâchement. Annabelle serait tentée de baisser les bras, elle aussi. Le comportement de Léa est carrément déstabilisant.

Comme si la situation n'était pas déjà suffisamment compliquée, un cognement contre la fenêtre vient troubler le silence embarrassant. Annabelle sort de son mutisme pour l'interroger:

— Est-ce que t'attendais quelqu'un?

— Non, répond Léa, les sourcils froncés.

Ses yeux disent pourtant le contraire… L'ancienne Pont-Rougeoise se retourne vivement vers la fenêtre, si bien que ses fines rastas viennent lui fouetter le visage. Une autre gifle l'attend. Elle reconnaît aussitôt celui qui s'impatiente de l'autre côté de la fenêtre, agenouillé dans la neige, comme elle précédemment.

«Tommy Bélanger! Qu'est-ce qu'il fait ici, lui? C'est un cave, un vieux chilleux de dix-sept ans qui n'a pas d'avenir. Léa l'a toujours dit. Pourquoi elle l'invite chez elle, maintenant? Il me semblait qu'elle voulait se tenir loin des "cochonneries"!»

— Avoir su que t'avais de la visite, je t'aurais pas dérangée…, lance le nouvel arrivant, la tête passée dans l'embrasure de la fenêtre.

— Tu me déranges pas. Entre, l'invite gentiment Léa sur un ton doucereux que son amie d'enfance ne lui connaissait pas.

Annabelle n'en croit pas ses oreilles! Contrairement au «pas d'avenir», elle a pris la peine d'avertir avant de venir, mais c'est elle qui se fait traiter de folle, et lui qui récolte le sourire et les petites attentions.

Pfft! C'est le comble.

Enfin, c'est ce qu'elle croit… jusqu'à ce qu'elle voie l'espèce de grand boutonneux s'approcher de Léa pour la serrer dans ses bras et l'embrasser goulûment, sans gêne et sans égard pour celle qui assiste au spectacle, les yeux exorbités. Le malaise s'ajoute à la surprise pour Annabelle qui éprouve l'horrible sensation d'être une voyeuse, ce qui amuse visiblement l'adolescent de dix-sept ans.

— Salut, la petite. Je pensais pas que tu serais là.

— Je m'attendais pas à te voir non plus, mettons…

Le sourire en coin, Tommy Bélanger la détaille de la tête aux pieds. Annabelle croise les bras sur sa poitrine en le considérant avec défi. Léa est son amie depuis toujours[6]; elle a donc priorité sur lui. Elle espère, du moins…

Mais, à voir comment son amie se comporte depuis l'arrivée du garçon, Annabelle doute de plus en plus de leur complicité. Elle se demande si elle ne ferait pas mieux de partir.

— Bon, ben… je vais vous laisser en… amoureux.

— OK, approuve Léa sans même chercher à la retenir.

Annabelle soupire, puis demande d'une voix qui se veut un tantinet moralisatrice :

— T'as pas peur que tes parents se rendent compte de sa présence ?

— Non. Ils cognent toujours avant d'entrer…

— Pis il y a en masse de place pour se cacher ! ajoute Tommy en désignant du menton la garde-robe grande ouverte.

« Trop d'informations ! » pense la jeune fille tandis que des images indésirables de son amie se superposent dans son esprit.

— Salut, Annabelle. Je suis contente de t'avoir vue, conclut Léa.

— Ouais, moi aussi… On s'appelle ?

---

6   Depuis l'âge de six mois, pour être plus exact. Leurs mères étant elles-mêmes des amies de longue date, elles ont fait en sorte que leurs poupons fassent connaissance dès leur plus tendre enfance.

— Hum, hum…

« Plus enthousiaste que ça, tu meurs… », pense Annabelle. Elle veut sortir d'ici, et rapidement.

Vite. Vite. Vite. Elle se souvient soudain qu'il est bien plus facile d'entrer dans un sous-sol par la fenêtre que d'en sortir… Elle tente de se hisser sur le chambranle, mais le châssis est bien trop haut pour qu'elle puisse y grimper. Elle prend la chaise d'ordinateur de Léa en guise d'appui et elle déguerpit sans même un regard pour les tourtereaux.

Un petit quelque chose lui dit qu'elle ne remettra pas les pieds ici de sitôt.

Quand leur père est absent, les fils Blouin-Delorme profitent généralement de l'occasion pour souper devant la télévision, avachis dans le gros canapé à manger comme des cochons. Ils ont l'habitude de se faire livrer de la pizza, mais, ce soir, ils ont plutôt opté pour le parfait repas du « sportif de salon » :

   – une montagne d'ailes de poulet épicées
     (pour suer) ;

- un casseau de patates frites bien grasses (pour prendre de la masse) ;
- un extra de rondelles d'oignons (parce que c'est bon).

« Miam ! Vive les soirées de hockey ! » pense Loïc, ayant manifestement fait le deuil de ses projets avec Sam.

Mais le frisé en a décidé autrement, puisqu'il lui téléphone au même moment.

DRIIIIIIIIIIIING… DRIIIIIIIIIIIING…

C'est Ludo qui fonce pour décrocher le premier, pensant à tort que ses efforts de séduction auprès des belles filles de l'école sont récompensés ou qu'il s'agit, au pire, de Landry :

— Allô ?

— Salut L…

Son interlocuteur a un léger moment d'hésitation. Depuis que Loïc a mué, sa voix est identique à celle de ses aînés. Mais comme leurs prénoms commencent tous par la lettre volante[7], Samuel est certain de ne pas se tromper avec une telle entrée en matière. Sauf que… encore faut-il s'assurer de parler avec le BON frère !

— BD, c'est toi ?

— Ben oui, c'est moi !

---

7   Autrement dit, par la lettre « aile »… euh… « L » !

Connaissant la forte propension de Ludovic à profiter de sa crédulité pour lui soutirer quelques informations privilégiées au passage, Sam se tient désormais sur ses gardes, d'où la question piège :

— Ah ouin ? C'est quoi, le surnom que je te donnais au primaire ?

— Euh… BD ?

— Non, c'est pas ça. T'as été démasqué, Ludo. Passe-moi ton frère !

Ludovic s'exécute à contrecœur en continuant de se creuser les méninges pour trouver le surnom secret de son cadet. Ce n'est pourtant pas bien sorcier, l'ancien sobriquet de BD ayant lui-même été inspiré par son amour pour la bédé, puisque c'est en hommage au Lucky Luke de René Goscinny qu'il se faisait autrefois appeler « Lucky Loïc » par ses amis. C'était avant qu'il se fâche en disant qu'un garçon ayant perdu sa mère ne peut raisonnablement pas être considéré comme chanceux, et que ce surnom était, par conséquent, profondément niaiseux.

Si Ludo ignore cette histoire, c'est pour la simple et bonne raison que son frère et lui étaient comme chien et chat à cette époque de leur vie.

— Ouais ? fait Loïc sans grande conviction.

— Hé ! Salut, le brûlé ! Ça va ?

— Ouais, toi ?

— Mets-en ! J'étais en feu, ce soir, pis là, ben… je suis brûlé à mort, mais ça va !

— Ah…

Bon. Cette conversation tourne en rond. Sam reconnaît qu'il y a des limites à abuser de son expression préférée. «Le brûlé» perd de son sens quand il est servi à toutes les sauces.

— Ton frère est vraiment cave. Il me fait le coup chaque fois!

— Hum…, répond vaguement Loïc, plus intéressé par la partie de hockey que par le blabla du frisé.

— J'espère que t'es pas trop fâché que je sois pas venu te chercher?

— …

— Je suis vraiment désolé! Je pensais pas que ça finirait aussi tard, mais je suis sûr que ça va être écœurant comme démo!

— Cool.

— Qu'est-ce que tu faisais? Je suis en route vers chez toi.

— Je sais pas si c'est une bonne idée…

— Comment ça?

— Il est tard, pis je suis fatigué… je finis de regarder la partie de hockey avec Lucas, Ludo et Laurent, pis je vais me coucher.

— Moi aussi, je suis claqué. Je peux venir écouter la fin avec vous! J'ai déjà tous mes trucs pour camper dans ta chambre, comme d'habitude. Lampe frontale, sac de couchage, tout le bataclan. Tu vas pouvoir me raconter vite-vite ce que j'ai manqué de la relâche au Massif, pis après je te laisse dormir, promis !

Loïc s'écarte du combiné pour s'adresser à ses frères :

— C'est Sam. Il s'en vient. C'est correct pour vous ?

— Bozo Blondin, certain ! Plus on est de clowns, plus on rit ! s'exclame Ludovic.

— C'est beau. On t'attend.

Ce n'est qu'après avoir reposé le combiné que Loïc réalise l'ampleur de la tâche qui l'attend : informer Samuel de la visite éclair d'Annabelle dans leur chambre d'hôtel. Aussi bien l'en aviser avant qu'il l'apprenne par les autres gars ou, pire, par elle. BD est certainement mieux placé que quiconque pour « péter la balloune » de son meilleur ami avec diplomatie.

Mais, pour ce faire, aussi bien reprendre ses énergies. Avec un soupir exagéré, Loïc tend le bras vers une aile de poulet bien épicée, susceptible de le réveiller. Il porte son regard vers l'écran en se disant que la partie ne fait que commencer.

5

Tous les lundis midi, la direction autorise les nunuches de quatrième secondaire à polluer les oreilles des élèves des Cascades avec leur satanée musique pop-bonbon. À la cafétéria et à l'agora, la musique est si assourdissante qu'il faut littéralement crier pour s'entendre. Résultat: Annabelle et les garçons ont systématiquement du mal à digérer leur repas[8] et finissent inévitablement par garder le silence…

« Beurk! Si elles pouvaient au moins baisser le volume, j'aurais peut-être moins mal au cœur… », pense l'adolescente en tortillant l'une de ses mini-rastas autour de son doigt.

Pour faire écho à l'indigestion musicale de la belle, Samuel fait honneur à la tradition. Comme tous les lundis midi, le petit bouffon déconne en mimant les comportements virils des rappeurs ou les mimiques aguicheuses des chanteuses qui se trémoussent sur les ondes de MusiquePlus. Il forme les mots avec ses lèvres, mais il s'abstient de chanter en raison de ses talents disons… très

---

8   Doit-on vous rappeler que les choix musicaux de la radio étudiante sont à vomir?

limités, le but étant de divertir ses amis, pas de les torturer! Normalement, ce petit jeu les fait rire, alors ça l'amuse aussi.

Mais pas aujourd'hui.

On pourrait presque voir un gros nuage noir flotter au-dessus de leurs têtes, tellement l'atmosphère à la table est insoutenable. Loïc dévisage Sam, l'air de dire : « Franchement, c'est pas le moment ! » ; Fabrice et Annabelle picorent dans leurs assiettes sans grande conviction ; et Xavier retient difficilement ses larmes en fixant le sol, désespéré.

Il faut dire qu'à l'exception du frisé, ils ont tous été convoqués au bureau de la directrice dans la matinée pour connaître les conséquences de leur écart de conduite durant le séjour au Massif. S'ils y étaient conviés séparément, c'est que la Vipère (également présente) espérait ainsi les piéger en relevant des contradictions dans leurs témoignages respectifs. Mais la petite bande de voyous amateurs avait prévu le coup en se concertant sur MSN durant la fin de semaine pour fournir une seule et unique version des faits : Annabelle ne supportait plus ses compagnes de chambre, elle est sortie souhaiter une bonne nuit à ses amis et, la minute suivante, la Vipère les prenait en flagrant délit… Si Xavier s'en était tenu à cette version, ses amis s'en seraient sans doute tirés à bon compte. Mais il a fallu que le rouquin, cédant à la pression, reconnaisse que la visite de la jeune fille avait été préméditée durant la journée.

Et voilà que, par sa faute, tous ses amis se retrouvent avec un rapport de mauvaise conduite à faire signer à leurs parents en plus de remporter un abonnement hebdomadaire aux retenues de la Vipère, tous les lundis pendant un mois.

« Ma mère va me tuer ! » songe le rouquin sans toutefois réfléchir à la très mince probabilité que sa théorie se confirme. En effet, pour s'être fait cette réflexion une bonne centaine de fois — soit chaque fois qu'il a commis une bêtise digne de décevoir Jo Ann —, Xavier doit reconnaître que ses chances de survie sont plutôt élevées, ce qui ne suffit pourtant pas à le rassurer…

Autour de la table, seul Mathis paraît imperméable à la tension, les écouteurs bien enfoncés au creux de ses oreilles, dodelinant de la tête au rythme de sa musique ska qui lui assure une « zénitude » à toute épreuve.

Voilà que Chanel et Marion passent devant le groupe en chuchotant. Elles ricanent effrontément. En dépit des décibels qui l'empêchent de saisir précisément ce qu'elles se disent, Annabelle est persuadée que leurs moqueries lui sont destinées. Il faudrait être sourd, muet et particulièrement distrait pour ne pas le deviner. Après tout, malgré leur « thérapie » forcée avec la psychologue de l'école, la petite nouvelle demeure sans contredit leur souffre-douleur préféré, bien qu'elles n'osent plus l'affronter directement, favorisant désormais les attaques détournées...

Vaguement intimidée, Annabelle se retourne aussitôt vers les garçons pour proposer :

— Qu'est-ce que vous diriez d'aller aux casiers ?

— QUOI ?

— ON DEVRAIT ALLER AUX CASIERS, répète Annabelle en haussant considérablement le ton.

— POURQUOI ? T'AS OUBLIÉ QUELQUE CHOSE ?

— NON ! ON VA ÊTRE PLUS TRANQUILLES POUR PARLER.

— AH...

La proposition est aussitôt acceptée. Seul Fabrice fait mine de protester, juste pour la forme. En bon macho qui se respecte, il n'est pas du genre à se ranger à l'avis d'une fille sans débattre et sans questionner, et ce, même s'il s'agit d'une amie qu'il considère (presque) comme une égale. Mais, cette fois, il s'avoue vaincu, car il est tout à son avantage d'échapper à cette torture auditive que lui infligent les nunuches de quatrième.

En sortant de la cafétéria, Annabelle surprend quelques œillades sournoises et deux ou trois rires étouffés, en plus de récolter au passage un « si vous cherchez une chambre, faut aller à l'hôtel ! » purement mesquin. Décidément, les nouvelles se propagent aussi vite que les microbes à l'école des Cascades. Un véritable incubateur à rumeurs, comme dans toute école secondaire, d'ailleurs…

Quand BD lui a raconté ce qui est arrivé durant la dernière soirée du séjour de ski, Sam a plutôt bien réagi. « Qu'est-ce que ça peut me faire ? » qu'il a dit. Mais la situation ne le laisse plus aussi indifférent depuis que l'école au complet est au courant… Il a l'impression que tous les élèves de l'établissement sont complices de l'infraction que ses amis ont commise sans lui. Sans parler du fait que sa belle Annabelle passe pour une dévergondée, alors qu'elle est tout l'opposé !

C'est dans un parfait silence que les membres de la bande se dirigent vers l'espace réservé aux casiers en jetant des regards à la ronde comme s'ils craignaient d'être épiés. En réalité, la plupart des élèves qu'ils croisent dans les couloirs n'en ont rien à ficher de leur petite conversation privée… Certains enseignants pourraient, à la limite, s'en offusquer, mais ils ont certainement mieux à faire durant le dîner que d'espionner les mêmes jeunes qu'ils surveillent à longueur de journée !

Ce n'est qu'après avoir choisi la case de Loïc en raison de son éloignement qu'ils se décident enfin à déballer leurs confidences. Ils sont manifestement tous ébranlés par cette pénible matinée.

— La Vipère m'a sapé l'appétit! J'arrêtais pas de penser à elle et, du coup, mon carré de veau n'avait absolument plus aucun goût…, déplore Fabrice.

— Hon! Pauvre petit chou! se moque spontanément Sam, même s'il n'a plus la tête à rigoler.

Contre toute attente, Mathis choisit ce moment pour retirer ses écouteurs et se mêler à la conversation:

— Quant à moi, Fab, tu devrais avoir honte de manger du veau…

— Ah, oui? Et pourquoi?

— Ben… tu sais comme moi qu'un veau, c'est le bébé de la vache, non?

— Ouais, on apprend ça au berceau!

— Justement! Est-ce que je suis le seul à trouver que c'est complètement dégueulasse de manger du bébé? s'enflamme le végétarien.

Sous l'effet de la surprise, Sam crache son jus de fruits, éclaboussant involontairement Loïc au passage.

— 'Scuse, BD!

— Ouache, Mat! S'il te plaît, on vient de manger! proteste Annabelle en même temps.

— Quoi? Vous êtes même pas capables d'assumer ce que vous mangez?

— Oui, moi, j'assume totalement mon carré de veau à la provençale-eu. C'était délicieux et je n'ai presque rien laissé! déclame le Français comme si c'était le slogan d'une pub télé, sans se soucier de la contradiction que constituent ses propos par rapport à son affirmation précédente. Et puis, entre toi et moi, tu n'sais pas ce que tu manques, Mat!

— Oui, je le sais, et c'est justement pour cette raison-là que je refuse d'en manger.

— Si tu y goûtais, je suis sûr que tu changerais d'avis.

— Eh ben, on le saura jamais parce que j'ai vraiment pas l'intention de manger des bébés animaux morts juste pour vous faire plaisir! décrète Mathis d'un ton qui n'invite pas à la contestation.

Non, il ne reviendra certainement pas sur sa position.

Cette fois, Samuel prend le temps d'avaler sa gorgée de jus avant de réagir au discours engagé (enragé?) de son ami:

— T'es ben bizarre aujourd'hui! C'est sûr que, dis comme ça, c'est vraiment dégueu, mais…

— En tout cas, en géo, on a appris que le trou dans la couche d'ozone est dû, en grande partie, aux pets de vaches qui polluent l'atmosphère, le coupe Xavier, trop heureux de pouvoir enfin mettre ses connaissances à contribution dans la conversation.

— Ha ! Ha ! Tu vois, moi, c'est pour éliminer les pets de vache que je mange du veau ! Je n'suis peut-être pas végé, mais, moi aussi, je suis écolo ! réplique Fabrice.

— Est-ce que tu sais que t'es vraiment con ? lui assène Mathis, étonnamment agressif.

— Euh… qu'est-ce qui lui prend, coudonc ? se questionne Sam.

— Il agit en débilos depuis qu'il s'est inscrit à Expo-sciences avec Ophélie, résume Fabrice.

— Hein ? Tu t'es inscrit à Expo-sciences avec Ophélie ? s'étonne Annabelle.

— Oui, juste avant la semaine de relâche. Elle te l'a pas dit ?

— Non… Je savais même pas que vous vous parliez !

Parlant du loup, Ophélie arrive sur ces entrefaites, surgissant derrière le petit groupe en se faisant discrète tandis que Mathis leur explique :

— On s'est croisés une couple de fois au village ou après les réunions du COSE…

— Du quoi ? demande Xavier, les yeux exorbités.

— Du Comité de suivi environnemental de Lanaudière. Nos parents en font partie ; ils se connaissent depuis longtemps.

— Pis c'est maintenant que tu nous le dis? lui reproche Annabelle.

— Ben… je pensais que vous le saviez.

Avant que l'un d'eux ne se retourne et ne la surprenne à les épier, Ophélie se décide à les affronter. Elle se racle la gorge pour attirer leur attention, puis les rejoint en prétextant:

— Désolée… Je suis venue chercher quelque chose dans mon casier, pis je vous ai entendus parler de moi…

En réalité, si Ophélie les a surpris, c'est parce qu'elle les cherchait.

— Tu t'es inscrite à Expo-sciences avec Mat? l'assaille aussitôt Annabelle.

— Ouais… Je voulais t'en parler, mais… ça m'est complètement sorti de la tête! bafouille son amie en s'empourprant.

« C'est ça, ouais… prends-moi donc pour une valise! » pense Annabelle sans toutefois oser exprimer le fond de sa pensée. D'abord parce qu'elle est consciente de devenir légèrement possessive à l'égard des garçons et, surtout, parce que sa nouvelle résolution consiste justement à prendre le temps de réfléchir avant de dire à voix haute tout ce qui lui passe par la tête, histoire d'éviter certains affrontements… disons… inutiles. Comme avec Chanel et Marion. Ces deux insignifiantes méritent-elles vraiment qu'on leur accorde de l'attention? Et cette question mérite-t-elle vraiment une réponse?

Annabelle demande donc, d'un ton qui se veut détaché:

— C'est quoi, votre sujet? L'étude des nuages?

— Non. Ophélie l'avait proposé au début, mais finalement on a décidé de parler des conséquences écologiques de la consommation de viande à travers le monde.

— Ah… Beau projet! Et vous comptez faire le tour du monde pour vos recherches?

— Non, Rodrigue va nous aider. Il a beaucoup voyagé, explique Mathis.

— OK…, fait Annabelle avant de se décider à poser la question qui la chicote: T'es devenue végétarienne toi aussi, Ophélie?

— Ben… pas tout à fait, mais j'essaie, même si ça fait pas trop le bonheur de mes parents, disons. Mathis a raison. Manger de l'agneau ou du veau, ça revient presque à manger un chaton ou un chiot… Ils sont livrés super jeunes à l'abattoir, genre cinq ou six mois après leur naissance!

— Eh ben, Mat! Je constate que t'as pas perdu de temps pour l'endoctriner, celle-là! s'exclame Fabrice.

— Hein? De quoi tu parles? s'énerve Mathis de plus belle.

— Ouais! Ça veut dire quoi, «adoctrimer»? demande Xavier.

— On dit « en-doc-tri-ner », le reprend son pote français en détachant chaque syllabe comme s'il s'adressait à un enfant un peu attardé. Et ça veut dire qu'il lui a fait un lavage de cerveau pour qu'elle pense comme lui.

— Euh… non ! Je vous ferai remarquer que je suis capable de penser par moi-même, se défend Ophélie.

Avant que la discussion ne s'envenime davantage, Annabelle se charge de faire revenir l'ordre au sein du petit groupe :

— OK, je veux pas être plate, là, les gars, sauf qu'on est venus ici pour parler de nos convocations chez la directrice !

— Ouais, c'est vrai, reconnaît Sam, soulagé de voir la tension retomber.

— Faites comme si j'étais pas là, dit Ophélie en s'assoyant à même le sol, entre Annabelle et Mathis.

Chose dite, chose faite. La jeune rebelle reporte son attention sur les garçons :

— Bon, je veux savoir ce que la directrice pis la Vipère vous ont dit !

— Pourquoi tu commences pas, toi ? suggère Loïc.

— OK… La Vipère m'a dit que j'étais chanceuse de m'en tirer à si bon compte. Elle m'aurait suspendue de l'école si c'était elle, la directrice.

— Quoi ? Elle t'a dit ça pour vrai ? s'offusque Sam, déjà prêt à défendre sa belle (dans ses rêves, oui !).

— C'est rien, ça ! Moi, la Vipère m'a dit qu'il n'y aurait probablement plus de séjours de ski organisés dans les prochaines années à cause de nous… Ben… surtout à cause de toi, Annabelle, murmure Xavier, lui-même gêné de sa franchise.

— Je vous l'avais dit : à partir de maintenant, la Vipère va toujours m'avoir à l'œil. Je suis foutue !

— Mais non… On est tous dans la même galère-eu !

— Sauf moi ! les nargue Samuel.

— Et moi…, renchérit Ophélie, plus sérieuse que baveuse.

— Ouais, mais finalement on s'en tire plutôt bien, je trouve. Quatre heures de retenue au total, c'est pas si mal, reconnaît Mathis qui s'est visiblement radouci depuis l'arrivée d'Ophélie.

— Peut-être, mais la Vipère va quand même nous pourrir nos quatre prochains lundis !

— On va pas en mourir…

— Ouais ! Nietzsche disait : « Ce qui ne nous tue pas nous rend plus forts. » Il n'y a rien de plus vrai ! se console le Français.

N'empêche qu'Annabelle broie du noir, de plus en plus agacée par le déroulement de la journée. Elle n'avait déjà pas tellement hâte au retour de la semaine de relâche, mais elle ne pensait pas que ce serait un tel gâchis.

Et c'est sans parler de sa fin de semaine catastrophique à Pont-Rouge… « J'en reviens pas encore que Léa sorte avec Tommy Bélanger! Il a dix-sept ans, il est ben trop vieux! C'est comme si je sortais avec Ludo… Bon, c'est vrai qu'on s'est déjà embrassés, mais c'était juste une… erreur. Ouin. Faut que j'arrête de penser à lui. Pense à autre chose. Pense à autre chose. Ludo… Argh! »

— Annabelle! Ça va? T'as l'air bizarre.

— Hein? Non, non!

— Euh… je pense qu'on est mieux placés que toi pour savoir si t'as l'air bizarre ou non! insiste Sam pour la narguer.

— Ça va. C'est juste que je pensais à mon ancienne meilleure amie, Léa…

— Qu'est-ce qu'elle a, ton amie Léa?

— Rien… Ben, en fait, je l'ai revue en fin de semaine, pis… ça faisait longtemps, disons!

— Ça s'est pas bien passé?

— Je sais pas. Elle avait l'air tellement… différente de la Léa que je connaissais.

— Comment ça, différente?

— Je pensais avoir beaucoup changé, mais c'est vraiment rien à côté d'elle! Elle a commencé à écouter du gros rap dégueu, elle a laissé pousser ses cheveux, elle sort avec un gars qu'on a toujours détesté, pis… elle a vraiment maigri, ça fait peur.

Elle a l'air super fatiguée, écœurée de la vie. C'est tout le contraire de ma Léa! Je capote, je sais pas quoi penser de tout ça. J'ose pas en parler à ma mère, parce que c'est clair qu'elle va tout raconter à la mère de Léa qui est sa grande chum, pis qu'après, ma *best* va être dans le trouble à cause de moi…

Un temps mort suit la confession d'Annabelle. Qu'est-ce qui lui a pris de raconter la vie de Léa aux gars? Comme si leurs problèmes de filles pouvaient les intéresser! Elle aurait dû attendre d'être seule avec Ophélie pour en discuter, mais sa grande trappe a été plus rapide que son cerveau, censé la censurer. Pour cacher son embarras, elle préfère fixer son attention sur son ongle à moitié rongé plutôt que d'affronter le regard des garçons.

Annabelle sent leurs regards braqués sur elle. Si elle osait leur faire face, elle y lirait de la compassion, mais elle se contente de garder la tête basse dans l'attente d'une réaction.

— Moi, je dis que tu devrais en parler à ta mère quand même, lui conseille Mathis.

— Je suis d'accord avec lui, approuve Ophélie.

— Ouais, j'sais pas… je vais y penser, répond Annabelle, sachant qu'elle n'en fera pourtant rien.

6

Si un patrouilleur ou un moniteur venait à passer par là, il ne fait aucun doute qu'ils se feraient tous gronder. Les adultes détestent quand les jeunes planchistes restent à flâner sur les pistes au lieu de glisser, comme il se doit.

« Allez, circulez ! On n'est pas au cinéma ! » leur dit toujours René, l'un des patrouilleurs et chef de pistes durant la semaine, réputé pour avoir toujours le nez fourré dans les affaires des autres. Le moins qu'on puisse dire, c'est qu'il a le pif pour flairer les cas à sanctionner !

Mais Annabelle et les garçons n'en ont rien à cirer. Ils partiront d'ici lorsqu'un adulte les aura avertis. La neige fond à vue d'œil, et les conditions de glisse sont tellement exécrables que c'en est carrément désagréable ! C'est d'ailleurs la raison pour laquelle Thomas, leur moniteur de planche à neige, les a laissés partir après avoir fait le bilan de la saison avec son groupe, dernière sortie de sport-études oblige.

« Période libre ! Le Mille pieds[9] est fermé à cause de la température, mais vous pouvez aller sur n'importe quelle autre piste, de ce côté. Avant de partir en fous, rappelez-vous que la neige est ben collante et que ça risque de vous freiner assez vite dans vos *tricks*. Bref, amusez-vous, mais soyez prudents ! »

Le gros parc à neige de la Serpentin étant déjà fermé, les six planchistes se sont donc retrouvés dans la Boulevard, une piste située à l'extrémité sud-est de la montagne, où ils ont constaté l'état lamentable de l'autre petite aire de jeu. Leurs planches ont toutes freiné dans un synchronisme quasi parfait en atteignant un palier trop peu incliné, juste avant la descente menant au virage de 90° suivi d'un long couloir longeant les unités de condos où résident les habitués de la station[10]. D'un commun accord, ils ont décidé de s'arrêter ici, près de la grosse roche, pour réfléchir…

— Le mini-parc est vraiment dégueu, observe Sam en se laissant lourdement tomber sur le sol.

Sauf que… surprise ! La neige s'affaisse sous son poids, si bien qu'il se retrouve les fesses enfoncées dans un petit cratère qui risque fort de

9   Appellation donnée au sommet adjacent et appartenant à la même station, en raison de son altitude de 1000 pieds.

10   Beaucoup empruntent ce passage pour rentrer chez eux à la fin de la journée ou même à l'heure du dîner, se laissant glisser jusqu'à leur porte pour enfin retirer leurs skis et aller manger. Pratique, n'est-ce pas ?

déplaire aux prochains glisseurs qui passeront par là.

— Les conditions sont dégueu, tout court ! fait remarquer Xavier.

— Ouais… mais, au moins, il fait beau. On peut se faire bronzer ! se réjouit Annabelle, le visage tourné vers le soleil et les yeux mi-clos pour en apprécier davantage la caresse sur sa peau.

Mathis, lui, n'est pas de son avis :

— C'est pas normal qu'il fasse aussi chaud en mars… C'est même inquiétant. J'ai lu dans *La Presse* ce matin que c'est la première fois que ça se produit depuis 1946. Ils appellent ça une canicule printanière, mais, quant à moi, c'est juste une façon détournée de parler de réchauffement climatique…

— T'as raison, Mat, c'est louche comme température. Mais… qu'est-ce qu'on peut y faire ? C'est comme ça, aussi bien en profiter ! renchérit la belle.

— C'est vrai ! approuve Sam.

— Ça fait mon affaire, moi, que le printemps arrive plus tôt cette année ! Ça va me donner plus de temps pour m'entraîner avant l'épreuve de skate.

— T'es sérieux, Xavier ? demande Mathis, choqué.

— Euh… ouais ? fait le rouquin, incertain.

— Est-ce que tu te rends compte à quel point c'est égoïste comme façon de penser ?

— Euh… non? répond Xavier sur le même ton.

Mathis secoue la tête, découragé. En temps normal, ses mèches rebelles seraient secouées comme un arbre de Noël, mais, en ce moment, elles tiennent bien en place sous son casque. Lui qui est d'ordinaire si souriant affiche une mine soucieuse depuis quelque temps. Depuis le début de ses recherches environnementales pour son projet d'Expo-sciences avec Ophélie, pour être plus précis.

Fabrice est tout aussi contrarié que lui, mais pour une tout autre raison :

— En tout cas, moi, ça me les gonfle que la saison soit presque terminée. Je n'ai pas encore eu la chance de tourner ma nouvelle démo avec mes nouveaux trucs de pro! D'ailleurs, t'as demandé aux mecs de Kaos pour moi, le frisé? Mes vieux pourraient payer ce qu'il faut pour le tournage.

— Je t'ai déjà dit que ça fonctionne pas comme ça! répond Samuel, cassant. De toute façon, ils sont super occupés jusqu'à la fin de la saison, pis même jusqu'à l'été.

— Hé, parlant de démo, quand est-ce qu'on va voir la tienne? demande Mat pour alléger l'atmosphère.

— Bientôt! Elle devrait être prête d'ici lundi, qu'ils m'ont dit.

— Il était temps ! rouspète Annabelle. Ça fait un mois qu'on attend ça !

— Ouais, pourquoi c'est aussi long ? renchérit le Roux.

— Je viens de vous le dire : ils sont super occupés ! rétorque Samuel, trop heureux de pouvoir renforcer la crédibilité de son affirmation précédente. Il fallait qu'ils fassent le montage, pis que ce soit approuvé par toute l'équipe avant qu'ils puissent me l'envoyer. Il me restera juste à l'approuver à mon tour avant que ça se retrouve sur le Net, pis que ça fasse le tour de la planète !

— T'exagères pas un peu, là ?

— Bah… à peine !

Ils éclatent tous de rire devant l'expression cabotine de Sam, qui cligne de l'œil tel un pirate borgne. Le frisé retrouve toutefois son sérieux pour proposer :

— Bon. C'est bien beau, le vedettariat et tout ça, mais je commence à avoir les fesses mouillées, pis la saison est presque terminée. Aussi bien en profiter avant qu'il soit trop tard, non ?

— Là, tu parles-eu ! approuve Fabrice avant d'ajouter : On va lui botter le derrière, à cet hiver !

Sur ces paroles dignes d'un grand orateur, il se remet sur pied, bientôt imité par les autres glisseurs.

— BD, pourrais-tu m'aider à me lever ? demande Annabelle, profitant de la proximité du bel adolescent pour tenter un rapprochement.

Loïc lance un regard indécis à son meilleur ami. Il serait grand temps que Sam se décide enfin à avouer ses sentiments à la belle, car il devient de plus en plus difficile pour BD de composer avec ce type de situations délicates qui ne font qu'attiser la jalousie du frisé. Un des six commandements de l'opération « Morve de chenille » lui revient en mémoire : « L'amitié entre les gars et les filles est aussi IMPOSSIBLE que de réussir un *switch** 720° les yeux fermés avec les doigts dans le nez. »

Malgré l'absurdité de leur pacte anti-filles concocté par Fabrice en début d'année[11], Loïc doit reconnaître que ses amis et lui avaient vu juste sur ce point, si ce n'est du mot « IMPOS-SIBLE » qu'il remplacerait par « CASSE-GUEULE » ou « SUICIDAIRE ».

BD s'exécute pourtant, prêtant main-forte à Annabelle qui se relève d'un bond en le gratifiant d'un sourire aussi radieux que le soleil de plomb, à faire fondre les glaçons... ou le cœur des garçons. Loïc s'apprête à lui renvoyer son sourire, d'instinct, puis se ravise aussitôt, se sachant sous la surveillance de Sam.

Même debout, Annabelle garde ses doigts enroulés autour de ceux de BD qui n'ose pas retirer sa main, profondément intimidé par ce

---

11 Voir *Planches d'enfer, Annabelle : 180°*.

premier VRAI contact féminin… En effet, Loïc persiste à croire que les «rapprochements» survenus le soir de l'Halloween ne comptent pas, puisqu'il n'a VRAIMENT pas fait exprès de s'endormir sur l'épaule de la belle, comme il l'a maintes fois répété à Samuel.

Tandis que ses amis prennent d'assaut la piste à la façon des manchots, c'est-à-dire en se dandinant d'un pied sur l'autre, leurs planches perpendiculaires à la pente, Loïc se laisse entraîner vers la descente, un peu contre son gré. Il jette un œil par-dessus son épaule, et ce qu'il voit est loin de l'apaiser.

Sam n'a pas bougé d'un poil. Il les regarde s'éloigner sans broncher. Loïc ne sait pas s'il doit mettre cette immobilité sur le compte de la neige trop collante ou de la déception du frisé, trop cuisante.

«On dirait un clown triste», pense-t-il en le voyant ainsi démuni.

Mais il est trop tard pour rebrousser chemin, et puis, de toute manière, BD aperçoit un patrouilleur sillonnant la piste, loin derrière.

Il s'agit sans aucun doute de René, venu lui demander de circuler. Même s'il lui en coûte beaucoup, Loïc doit reconnaître que la venue du patrouilleur-fouineur s'avère être, pour une fois, d'une certaine utilité!

7

Loïc ne remarque pas tout de suite le bout de papier qui est allé se loger sous sa chaussure. Il est trop occupé à immortaliser le visage disgracieux de la Vipère dans la marge de son cahier de mathématiques. BD ne se lassera jamais de la dessiner, celle-là. Brigitte Vigneault lui rappelle drôlement Gladys, la détestable prof d'anglais de la bédé *Les Profs*[12].

C'est Annabelle qui lui met finalement la puce à l'oreille en toussotant discrètement pour qu'il se retourne. Il met un certain temps à comprendre pourquoi elle s'entête à fixer le sol, en dessous de lui. Il aperçoit enfin le message qui lui est destiné, coincé sous le talon usé de sa chaussure droite. Loïc s'assure que la Vipère est toujours absorbée par sa grille de sudoku avant de se risquer à le ramasser. Il déplie le bout de papier dans le creux de sa main et lit:

« Une chance que c'est la dernière retenue. Une heure de plus avec elle et je meurs! »

---

12 Bande dessinée humoristique française scénarisée par Erroc et illustrée par Pica, parue aux Éditions Bamboo.

Nouveau regard à la Vipère qui fronce les sourcils ; son sudoku lui fait des misères. Super ! Loïc se retourne à demi pour gratifier l'adolescente qui s'ennuie fermement, derrière lui, d'un sourire impuissant. Il soulève le coin de son cahier de façon à ce qu'elle voie la caricature à laquelle il a consacré cette quatrième et dernière période de retenue, qui tire heureusement à sa fin.

Annabelle pouffe de rire, mais se reprend aussitôt en feignant de tousser. Brigitte Vigneault ne tarde pas à intervenir :

— Mademoiselle Poitras, vous connaissez ma politique concernant les éternuements, les toussotements, *et cetera*… Alors, soit vous tentez de contrôler cette toux subite, soit vous sortez.

— Si je sors, est-ce que je dois revenir ? demande la jeune fille à rastas, un brin frondeuse.

— Certainement. Vous resterez jusqu'à la toute fin, comme vos camarades.

— Dans ce cas, je vais rester… J'ai réussi à me contrôler, ça va.

Pourtant, Annabelle lutte très fort pour ne pas succomber à un nouveau fou rire. La caricature de BD est tout simplement tordante. Et puis, il y a de quoi se réjouir : plus que douze minutes de « détention surveillée » avant de retrouver la liberté. À l'instar des prisonniers, on peut dire qu'ils ont enfin payé leur dette à la société.

Mathis martèle le sol de ses pieds au rythme de la musique qu'il écoute en secret, ses écouteurs disparaissant dans son impressionnante tignasse, le fil savamment dissimulé sous le foulard arabe qu'il porte négligemment au cou. Il est plutôt fier d'avoir réussi à satisfaire ses penchants musicaux durant quatre semaines sans s'être fait prendre par la Vipère.

C'est du moins ce qu'il croit jusqu'à ce que l'«en-saignante» prenne la parole, à quelques minutes de leur très attendue remise en liberté :

— Vous pouvez partir. Ce sera tout pour aujourd'hui. Monsieur Lebel et monsieur de Courval, il s'agissait de votre dernière retenue, comme prévu. En revanche, mademoiselle Poitras, monsieur Blouin-Delorme et monsieur Simard-Aubin devront revenir lundi prochain pour une retenue supplémentaire.

— Mais…, commence Mathis.

— C'est pas juste ! l'interrompt Annabelle. Pourquoi ?

— Vous savez pertinemment que je ne tolère pas qu'on se moque de moi, que ce soit en écrivant des petits messages sournois ou en faisant des gribouillis, et que je n'accepte surtout pas qu'on sous-estime mon intelligence en écoutant de la musique sous mon nez en pensant que je ne le remarquerai pas ! Ça fait trente ans que j'enseigne ; je connais TOUS les trucs, sans exception. Voilà donc pourquoi vous et vos petits copains serez de nouveau en retenue lundi prochain. Ça répond bien à votre question, mademoiselle Poitras ?

— Oui, madame...

— Parfait, répond la Vipère avec un sourire satisfait avant de tendre la main pour confisquer (encore !) le lecteur MP3 de Mathis. Monsieur Blouin-Delorme et mademoiselle Poitras, je veux aussi voir votre caricature et votre message sur mon bureau. Merci, bonsoir.

En sortant de la classe, Annabelle ne peut s'empêcher de se demander si la Vipère connaît aussi le truc du café sucré au Ritalin et celui de la porte du local qui se verrouille mystérieusement pour garder le prof captif jusqu'au lendemain... Elle ne peut s'empêcher d'esquisser un sourire malin.

Ils entrent dans le local d'informatique en bougonnant, à l'exception de Xavier et de Fabrice qui sont bien heureux de s'en tirer si facilement. Un élève de cinquième secondaire les arrête aussitôt pour leur demander leur carte étudiante. Annabelle et les garçons s'exécutent en déposant négligemment leur matricule-de-plastique-tellement-pas-écologique (selon Mathis) sur le bureau du pseudo-surveillant.

— Vous allez utiliser combien d'ordinateurs ?

— Aucun.

— Qu'est-ce que vous venez faire ici, d'abord ?

— On vient voir notre ami.

— Le local ferme dans vingt minutes. Faites ce que vous avez à faire, mais vite.

Tandis que le petit groupe se dirige vers le fond de la salle, Annabelle ne peut s'empêcher de rouspéter :

— Il est ben bête, lui !

— Je pense que c'est nous qu'il a trouvés bêtes. On arrive en chialant, on lui lance notre carte, pis on lui dit qu'on n'utilisera pas les ordis...

— Ouais, mais quand même ! fait Annabelle, ne sachant trop quoi répliquer devant la sagesse désarmante de Mathis.

Sam les attend avec impatience.

— Venez voir ça ! C'est de la bombe !

— Les gars de Kaos t'ont envoyé ta démo ?

— Ouais. Vous en croirez pas vos yeux ! Est-ce que vous êtes bien assis ?

— On t'a déjà vu *rider*, Sam. Ça me surprendrait qu'on tombe en bas de notre chaise ! fait remarquer Xavier.

— Vous pourrez pas dire que je vous avais pas prévenus...

Sam place le curseur de la souris au bas de l'écran pour ouvrir la page Web qu'il s'est empressé de faire disparaître à leur arrivée. Une fenêtre vidéo s'affiche sous leurs yeux curieux. Le frisé clique sur «jouer» et monte le volume malgré l'avertissement du surveillant. Il s'adosse à sa chaise, les bras croisés sur sa poitrine, le visage fendu d'un sourire qu'il ne peut tout simplement pas réprimer, tellement il est fier d'avoir un truc aussi fou-malade-mental à montrer à ses amis.

La vidéo s'ouvre sur une mosaïque d'images du mont Tremblant sous un soleil éclatant, de Sam et de sa nouvelle planche en très gros plan — le logo KAOS toujours bien en évidence —, accompagnées des premiers accords de la chanson *Lonely Boy* du groupe The Black Keys. Annabelle la reconnaît instantanément parce qu'elle l'adore et qu'elle l'écoute tout le temps. Voyant son doux visage s'illuminer, Sam se réjouit en pensant: «Yé! Ça commence bien! Quoique… elle m'a toujours pas vu en clown…»

À l'écran, deux pieds bottés se glissent dans les fixations de la planche Kaos dernier cri, tandis que deux mains gantées se resserrent sur elles pour les attacher. Le tempo s'accélère. On voit Sam se diriger vers le premier module, confiant, prendre de la vitesse et s'élancer dans les airs en se contorsionnant pour saisir sa planche dans un beau *grab** bien franc, puis atterrir gauchement sur le sol et piquer la tête la première dans la neige. Durant les secondes qui suivent, le jeune planchiste ne fait que tomber et se relever, ce qui laisse supposer que la journée n'a pas été de tout repos pour lui…

Mais, en réalité, il ne s'agit que d'une astuce de montage pour renforcer l'effet des figures à venir, qui n'en paraîtront que plus ardues à réussir. L'image se scinde en deux. Dans la partie gauche de l'écran, Sam apparaît en *tail press**alors que, dans la fenêtre de droite, il exécute la même figure, vêtu d'un costume de clown. Sa première apparition dans la peau de Bozo.

Alors qu'il guette la réaction d'Annabelle et de ses amis, une petite bête nommée « trac » gronde en lui. Sam trouve sa démo géniale, mais il doit reconnaître qu'elle est pour le moins… originale !

Le temps d'une transition musicale, et hop ! on enchaîne avec la chanson *A Day in the Life* des Beatles, en hommage au segment de JP Solberg dans le film *Transcendence* (que Sam a finalement trouvé et maintes fois regardé depuis le tournage de sa démo à Tremblant). Sam, alias Bozo Blondin, est présenté sous toutes ses coutures, et le moins qu'on puisse dire, c'est qu'il fait sacrément bonne figure !

La vidéo prend fin, mais personne ne parle ni ne bouge.

— Qu'est-ce que vous en pensez ?

— …

— Ben là ! Dites quelque chose !

— C'est… WOW! Je sais pas quoi dire, tellement c'est…

— *Badass!* Juste trop fou!

— Bravo! La grande classe.

— Mais… euh… c'était quoi, l'idée de te déguiser en clown? s'informe Xavier.

— Ça vient pas de moi. C'est le réalisateur qui a insisté pour que je me déguise. Il voulait que ma démo se démarque des autres, pis, en plus, il est convaincu que tout le monde m'appelle Bozo!

— Ha! Ha! Pour vrai?

— Ouais, il m'a appelé comme ça toute la journée!

— C'est malade, pareil… Dire que tout ça t'arrive en grande partie grâce à Ludo et à « Planches d'enfer »! se réjouit Annabelle en pensant déjà aux répercussions enviables que pourrait avoir l'épreuve de skate à venir sur sa future carrière de *pro rider* et sur son avenir.

C'est beau, rêver. Sam se charge de la faire redescendre sur terre en demandant à la ronde:

— Hé! Qu'est-ce que vous faites en fin de semaine prochaine?

Il récolte plusieurs haussements d'épaules, un « j'sais pas… pourquoi? » de Fabrice et une réponse légèrement plus structurée de la part d'Annabelle:

— Xavier pis moi, on avait prévu aller s'entraîner au skatepark* intérieur de Joliette, mais on n'a pas encore décidé quelle journée… pis je suis censée garder mon frère et ma sœur.

— J'ai mieux à vous proposer : les gars de Kaos m'ont donné une pile de billets d'entrée pour le Taz!

— C'est quoi, le Taz?

— T'as jamais entendu parler du Taz, le Roux?

— Ben, non…

— C'est un méga-skatepark intérieur à Montréal, explique Sam. Le plus grand au Québec, je pense! Il y a pas juste du skate; j'ai entendu dire qu'il y a aussi du BMX et du roller.

— OK, mais… comment on va faire pour se rendre jusqu'à Montréal?

— Oups, j'avais pas encore pensé à ça…, réalise le frisé, consterné.

Annabelle a toutefois sa petite idée sur la question. Elle la partage sans plus tarder avec les garçons :

— On a juste à inviter Ludo pis Landry aussi. Kevin a une auto ; je suis sûre que ça va lui faire plaisir de nous y conduire !

— On serait trop nombreux. Pis, de toute façon, ils peuvent pas venir… Le dimanche, c'est réservé aux treize ans et moins, rétorque Sam en omettant de spécifier qu'après 13 h, les plus vieux sont les bienvenus.

— De toute manière, moi, je n'embarque pas avec cette espèce de fou furieux, dit Fabrice. C'est un danger public, le mec, et puis sa caisse date de la Seconde Guerre mondiale-eu!

— C'est pas vrai. Il est super prudent au volant! objecte Annabelle.

Tout comme Fabrice, Samuel n'est pas tellement chaud à l'idée de passer son dimanche en compagnie de Landry et de Ludo. C'est pourquoi il s'empresse de proposer une autre solution:

— Hé, parlant d'antiquités, est-ce que ta grand-mère joue encore au dentier musical avec le vieux chauffeur de ton père? demande-t-il à Fabrice. On pourrait peut-être le faire chanter comme la dernière fois?

— Han-han. Négatif. Il ne peut pas s'absenter aussi longtemps sans éveiller les soupçons de mon paternel.

Annabelle a plus d'un tour dans son sac:

— C'est beau, je vais m'arranger avec mon faux-père. Il y aurait de la place pour tout le monde dans sa voiture. Et il m'en doit une…, laisse-t-elle planer sans préciser qu'elle n'a pratiquement pas adressé la parole au mari de sa mère depuis qu'ils ont déménagé par sa faute dans la région de Lanaudière.

Elle est plus heureuse que jamais grâce à ses nouveaux amis et à la vie trépidante qu'elle mène à Rat-Dune, mais il est hors de question qu'elle montre quelque signe de reconnaissance que ce soit à cet homme qui ne s'est pas gêné pour bouleverser son existence. Alain n'aura d'autre choix que d'accepter de les conduire à Montréal, ses amis et elle, ne serait-ce que pour se faire pardonner un tant soit peu son égoïsme. Après tout, combien de fois lui a-t-il répété : « Si tu as besoin de quoi que ce soit, je suis là… » en espérant se racheter auprès de sa belle-fille pour sa décision ou, du moins, pour faciliter son adaptation.

— Ça fait que… qui est-ce qui est partant pour une petite virée en ville dimanche ?

— Moi, j'suis partant ! confirme Fabrice.

— Moi aussi ! s'excite Xavier.

— Ben oui, c'est clair qu'on vient tous ! fait remarquer Annabelle dans un débordement d'enthousiasme.

— Non, moi je peux pas… Rodrigue a besoin de moi dimanche après-midi, déclare Mathis en restant très nébuleux sur les raisons de son absence.

— Il pourrait sûrement se passer de toi pour une demi-journée, non ? l'interroge Samuel.

— Non. Je lui ai promis de l'aider, je vais pas le laisser tomber.

Mathis a fait des progrès considérables en fait de mensonges. Personne ne se doute que c'est plutôt à Ophélie qu'il a promis de tenir compagnie…

— Oh… c'est poche… En tout cas, fais-moi signe si tu changes d'idée! Donc, pour l'instant, on est cinq. C'est ça?

— Ça dépend si Ludo pis Landry viennent aussi! insiste Annabelle, au risque de paraître fatigante.

— Ouin, on verra, lâche Sam, ni convaincu ni convaincant. Oh, et je gardais le meilleur pour la fin: c'est le Ride Shakedown à Saint-Sauveur, vendredi pis samedi. On pourrait y aller avec les gars de Kaos pour voir la finale. Il y a une couple de mes *bros* qui participent au *contest**!

— Youpi…, fait Loïc, sarcastique.

Devant l'enthousiasme tempéré de ses camarades, Samuel croit bon de larguer son argument béton, qu'il avait spécialement réservé pour Annabelle:

— Ah! J'allais oublier: Zac Boots s'est inscrit aussi, pis il y a de bonnes chances qu'il gagne encore cette année. Mais bon… si on sait comment ça va finir, ça vaut peut-être pas la peine d'y aller…

En entendant le nom de son idole incontestée, la jeune fille mord allègrement à l'hameçon:

— Hein? ZAC VA ÊTRE LÀ?

Sam acquiesce, à la fois ravi de l'efficacité de son argument et irrité par la fascination sans borne de la belle pour l'athlète professionnel.

— Super ! À quelle heure ils passent nous prendre, les gars de Kaos ? s'informe déjà Annabelle, impatiente d'y être.

8

C'est la première fois qu'Ophélie assiste à une véritable compétition sportive. Annabelle et Mathis ont dû insister fortement pour qu'elle daigne les accompagner, mais la jeune fille est bien contente d'avoir cédé. Pour un baptême dans l'univers des *riders*, elle pouvait difficilement espérer mieux qu'un événement de l'envergure du Ride Shakedown de Saint-Sauveur. Si la foule compacte l'a d'abord rebutée, l'enthousiasme et la fébrilité qui règnent dans l'assistance l'ont vite rattrapée.

Enivrées par la musique et par les clameurs du public, Annabelle et Ophélie ne savent même plus où poser le regard, tellement il y a de choses à voir. La station brille de mille feux depuis la tombée de la nuit. Les modules illuminés rendent le parcours de la compétition d'autant plus époustouflant. À couper le souffle, vraiment!

Au sein de leur petit groupe, c'est d'ailleurs Ophélie qui siffle le plus fort pour encourager les participants! C'est du moins la tendance qui se maintient jusqu'à ce que vienne le tour de Zachary Boutin... Dès que le fameux Zac Boots apparaît sur le grand écran avant d'entamer son premier parcours en *slopestyle*, les hormones d'Annabelle se réveillent d'un coup pour prendre le contrôle de son cerveau. Comme de vilaines terroristes, elles détournent son jugement et l'incitent à se comporter bizarrement.

Si la performance de J-S Lapierre durant le *skate show* de la mi-temps l'a fortement impressionnée, ce n'est rien comparativement à l'excitation qu'elle ressent en voyant les prouesses spectaculaires de son idole incontestée. Annabelle siffle, mais s'étouffe rapidement avec sa propre salive dans l'énervement du moment. Elle toussote un peu, puis commence à crier à s'en décrocher la mâchoire tout en sautillant sur place sous le regard amusé de ses amis, mais, surtout, sous l'œil ahuri des gars du Team Kaos qui leur tiennent compagnie. Même le petit groupe de jolies filles qui s'est greffé à eux un peu plus tôt sous prétexte qu'elles allaient au primaire avec Mikaël, un des «futurs pros», la dévisage d'un air curieux.

Annabelle les a d'abord prises pour des groupies finies quand l'une d'elles a avoué à Samuel :

— Je regarde pas beaucoup de films de snow, mais Mika m'a montré ta démo, pis c'est la chose la plus cool que j'ai vue de TOUTE MA VIE, pour vrai! Bozo, je pense que t'es mon nouveau héros…

«Tu penses?!» a ironisé Annabelle, en silence.

Sauf qu'elle doit maintenant se rendre à l'évidence : de toutes les admiratrices en délire ici présentes, elle est sans contredit la plus intense. « Il est trop… WOW ! Pincez-moi quelqu'un ! » pense-t-elle, à bout de souffle durant la dernière *run** de Zac Boots, juste avant la finale.

C'est aussi ce qu'elle se dit au moment où le grand, le magnifique et le talentueux planchiste remporte sa quatrième victoire du Ride Shakedown pour avoir conquis l'ensemble du jury (et de ses groupies !).

Et puis, Annabelle continue de se répéter le même leitmotiv juste après la remise des prix, à quelques minutes de rencontrer l'athlète de calibre international pour une seconde fois grâce à BD. Pour la consoler d'avoir raté la séance de signatures, à midi, il lui a promis qu'il s'arrangerait pour qu'elle puisse quand même le voir.

Chose dite, chose faite.

Annabelle tente en vain de se calmer, mais son cœur bat si fort qu'elle le soupçonne de se débattre contre les vilaines hormones terroristes qui en auraient profité pour le prendre aussi en otage, au passage.

Quand enfin Boots vient vers elle, Annabelle perd momentanément tout contact avec la réalité. La foule chahuteuse disparaît. Il n'y a plus de bruit ; juste elle et lui, qui avance au ralenti.

« OH, MON DIEU ! Il est trop… WOW ! »

En le voyant passer son chemin devant elle sans s'arrêter, l'adolescente comprend qu'elle doit à tout prix intervenir :

— Za… ZAC !

Il se retourne.

— Ouais ?

— Je sais pas si BD t'a fait le message, mais… euh…

— Ah, c'est toi qui voulais me voir !

— Oui, reconnaît Annabelle en s'empourprant légèrement.

Le jeune homme plisse les yeux en étudiant son visage, ce qui a pour conséquence de la faire rougir davantage.

— Il me semble qu'on s'est déjà vus quelque part…

— Ouais, à Saint-Côme. Tu te souviens, on s'est rencontrés à l'heure du dîner durant l'épreuve de *slopestyle* de « Planches d'enfer » ?

— Ah oui, c'est vrai, je me rappelle ! Tu t'appelles… Arielle, c'est ça ?

— Non, Annabelle, mais t'étais proche !

— Ha ! Ha ! Ouais, c'est pas pire. J'ai vraiment pas une bonne mémoire des noms…

— C'est normal, avec la quantité de personnes que tu dois rencontrer dans une année !

— Ouais, vu de même…

Zachary se passe la main dans les cheveux en éclatant d'un rire irrésistible, presque timide.

Il est tellement beau que c'en est douloureux. Annabelle voudrait dire quelque chose d'intelligent, de « spirituel » ; avoir une phrase ou un geste assez marquant pour qu'il se souvienne d'elle. Elle doit faire vite avant que son idole ne lui échappe. Elle est consciente que son temps est compté.

— Est-ce que je pourrais prendre une photo avec toi ? demande-t-elle, à court d'idées.

Il s'apprête à lui répondre, mais le voilà déjà sollicité :

— Zac ! La fille de Vidéotron t'attend pour ton entrevue, lui fait savoir un homme pas rasé, la trentaine avancée, qui pourrait être son agent.

— OK… j'arrive dans deux secondes. Vu que t'es là, Pat, viens donc prendre une photo de moi avec la demoiselle.

L'homme s'exécute, un peu bougon, demandant l'appareil photo d'Annabelle d'un geste impatient. L'adolescente a à peine le temps de se placer aux côtés de son athlète préféré que, déjà, le flash s'illumine pour immortaliser le moment. Surprise, elle cligne des yeux, mais continue de sourire en attendant que Pat prenne une deuxième photo. Celui-ci lui redonne plutôt l'appareil, l'obligeant à se dégager de l'étreinte trop brève de son héros.

— Merci, Big ! fait Boots avant de reporter son attention sur sa jeune admiratrice. Bon, je vais devoir filer, mais j'suis vraiment content de t'avoir revue!

— Ouais, moi aussi! En tout cas… euh… bravo pour ta belle victoire! Tu t'es remis super vite de ta dernière blessure, c'est… impressionnant.

— Ah, merci! C'est gentil.

— Oh, pis ton dernier *trick* était malade! T'es un Dieu, pour vrai!

« *Ben, là! Exagère pas!* la gronde aussitôt sa conscience. *T'as l'air d'une vraie groupie…* », ce à quoi elle se répond intérieurement: « C'est ce que je suis, aussi! Mais moi, au moins, je m'assume. »

— Ouais, j'ai pris un risque, je t'avoue… J'ai pensé à ce nouveau truc là durant la dernière *run*. Je l'avais pas essayé du tout, mais j'ai décidé de suivre mon instinct… J'ai quand même réussi à le *lander**, pis j'ai gagné. Je serais sûrement pas monté sur le podium si j'avais pas essayé! Je pense qu'il faut toujours faire confiance à son instinct.

— Merci pour le conseil. Je vais le garder en tête pour ma compétition, en mai.

— C'est vrai, tu t'es inscrite à l'épreuve de skate de Ludo! C'est quand, déjà?

— Le 12.

— Cool! Si je suis pas en entraînement, je vais sûrement venir faire un tour…

— ZAC, on n'a pas toute la soirée! s'impatiente encore le pas rasé.

— Bon, il faut vraiment que je file. À la prochaine, Arielle !

— C'est Anna…, commence-t-elle.

Mais il s'éloigne déjà pour rattraper l'autre face de citron pressé. Pour se consoler, Annabelle jette un œil à la photo la montrant avec son idole et… HORREUR ! Elle a les yeux fermés et sourit bêtement, alors que lui regarde au loin, un sourire en coin, l'air un peu absent.

Si la jeune fille voulait impressionner ses futurs petits-enfants avec ce « trophée », c'est raté… Elle range son appareil photo au fond de son sac et se compose une attitude souriante peu convaincante avant de rejoindre ses amis.

Annabelle ressent un léger pincement au cœur en voyant Sam discuter chaleureusement avec la jolie brunette qui l'a complimenté pour sa démo durant la pause. Elle se dirige donc instinctivement vers Mathis et Ophélie qui restent un peu à l'écart du groupe pour discuter canons à neige et environnement :

— À Saint-Côme, il reste presque plus de neige et, pourtant, il fait pas plus chaud qu'ici…

— Pour un événement comme le Shakedown, c'est sûr que Saint-Sauveur a dû sortir les canons à fond la caisse ! reconnaît Mathis.

— Ouais, pis les canons à neige, ça consomme énormément d'eau et d'électricité…

— Peut-être. Mais, sans eux, les saisons dureraient encore moins longtemps ! complète Annabelle en s'immisçant effrontément dans leur discussion.

— Sauf qu'il doit bien exister des choix plus écologiques ! réplique Mathis.

— J'sais pas. Mais ce que je sais, c'est qu'on est venus ici pour s'amuser… On pourrait pas parler de sujets un peu plus joyeux ?

— Comme tu veux.

— Qu'est-ce qu'il t'a dit, ton beau Zac Boots ? demande Ophélie.

— Pas grand-chose. On a jasé vite-vite parce qu'il était attendu pour une entrevue…

Annabelle tend alors l'oreille à la conversation qui s'essouffle derrière elle :

— Tiens. Ça, c'est mon numéro. On pourrait aller *rider* ensemble, si ça te dit ! Je suis libre tous les samedis…

— Cool ! Merci.

— À bientôt, j'espère !

Du coin de l'œil, Annabelle voit Sam ranger le bout de papier dans la poche de son manteau tandis que l'autre jeune fille rejoint ses trois amies, un peu plus loin. Elle l'entend même se vanter auprès de ces dernières :

— Hiiii ! C'est fait, je lui ai donné ! J'espère tellement qu'il va m'appeler !

Ça l'agace de l'avouer, mais la jeune rebelle à rastas espère que Samuel ne donnera jamais suite à cette rencontre avec la jolie brunette. Oh, n'allez pas croire qu'Annabelle est amoureuse du frisé! Disons tout simplement qu'elle n'aime pas partager son carré de sable avec des étrangers ou, pire, avec des étrangères…

Possessive, vous dites?

Quand son réveil Homer Simpson a sonné, ou plutôt roté…

BURP BUURRPP BUUUUUUUUURRRPPP

… Sam était déjà à moitié éveillé. En fait, il n'avait presque pas fermé l'œil de la nuit, et avec raison: «YAHOU! J'ai le numéro de téléphone d'une fille, pis c'est même pas un poisson d'avril!» pense-t-il en s'habillant en vitesse pour aller rejoindre BD chez lui avant le réveil imminent de ses parents.

Il serait tenté de passer un coup de fil à la jolie brunette nommée Cassandre, histoire de s'assurer qu'elle ne lui a pas monté un bateau en lui donnant un faux numéro, mais…

Il aurait l'air vraiment trop désespéré en appelant aussi tôt et puis, à bien y penser, Sam n'est même pas certain que cette fille puisse l'intéresser. En fait, s'il lui a accordé ne serait-ce qu'une once d'attention à Saint-Sauveur hier, c'est qu'il espérait voir Annabelle réagir, comme lui avait prédit son cousin Jonathan, le don Juan :

— Ce qu'il faut que tu comprennes avec les filles, c'est que plus t'as l'air inaccessible, plus tu deviens irrésistible. C'est niaiseux de même ! Si t'es trop disponible, trop attentionné, la fille est pas intéressée. Mais si tu montres qu'il y a un peu de concurrence, tu viens de créer une dépendance. Elle voudra t'avoir à tout prix.

Bon. La réaction d'Annabelle n'a pas été aussi fulgurante que Samuel l'aurait voulu, mais elle avait bien l'air un brin agacée. C'est déjà ça de gagné !

L'adolescent prie pour qu'il y ait des dizaines et des dizaines de filles à « charmer » devant elle au Taz, aujourd'hui, car il est plus que jamais déterminé à attiser sa jalousie. Cela dit, ayant déjà le numéro d'une belle fille en sa possession, il considère avoir atteint une partie de son objectif et se montre très confiant quant au déroulement de la journée.

Il voit difficilement ce qui pourrait mal tourner ; il s'est levé du bon pied (soit le gauche en l'honneur de sa position *goofy** de prédilection) et s'en va passer la journée à MONTRÉAL dans une immense oasis intérieure pour skateurs.

Oui, ce dimanche s'annonce particulièrement prometteur, d'autant plus que ce n'est pas une journée ordinaire, puisqu'elle concorde avec une date presque aussi importante à ses yeux que son propre anniversaire. En effet, Sam attendait le 1er avril avec impatience, comme chaque année. Il a planifié des semaines à l'avance ses petites « célébrations maison » pour la fête mondiale des farces et attrapes…

Voici enfin venue l'occasion rêvée de mettre son imagination délirante à profit !

Hier soir, il a patiemment attendu que ses parents et son frère soient couchés, puis, après s'être assuré qu'ils dormaient à poings fermés, il s'est appliqué à mettre son plan machiavélique à exécution en disséminant une demi-douzaine de mini-pièges aux quatre coins de la maison. Cette année, comme toutes celles qui l'ont précédée, son grand frère et ses parents ne seront manifestement pas épargnés.

Samuel a débranché tous les appareils électriques pour faire croire à une panne d'électricité, il a remplacé le contenu du sucrier par du sel pour un café qui va assurément réveiller ses parents de façon instantanée et il a glissé une poignée de petits pétards « clac doigt » sous le paillasson du vestibule, si bien que Robert les piétinera inévitablement en sortant chercher son journal… Mouahaha !

N'empêche qu'il n'est pas facile de se renouveler chaque année!

S'il est plutôt limité quant aux mauvais coups destinés à son aîné en raison de la mobilité réduite de celui-ci, le frisé n'a toutefois jamais laissé la paraplégie de Christophe le freiner. Il s'est contenté de lui vernir les ongles d'un beau rouge passion (selon l'inscription sur le flacon) et de lui barbouiller le visage avec le maquillage à l'épreuve de l'eau de leur mère.

D'ailleurs, Sam vérifie dans son sac à dos s'il a bien pris les flacons de démaquillant et de dissolvant à vernis avec lui. Parfait! Christophe devra passer une bonne partie de la journée ainsi.

Samuel enfile les bretelles de son sac et s'apprête à partir sans bruit lorsqu'un beuglement rocailleux somme toute familier vient rompre le silence:

— SAAAAAAAAAAAAAAM!

Oh, oh! Christophe est réveillé. Le frisé serait prêt à parier que son frère vient de découvrir ses beaux ongles manucurés, mais… qu'en sera-t-il lorsque son miroir lui renverra l'image d'un gars affreusement maquillé?

Oui, il est grand temps pour Sam de filer…

9

Loïc déteste les longs trajets en voiture. Il a toujours l'impression de manquer d'air et, surtout, d'espace. BD n'est décidément pas dans son élément, confiné dans un abri de tôle en mouvement.

Le véhicule utilitaire sport dans lequel il a pris place avec ses amis a beau être spacieux, n'empêche que six personnes qui respirent le même air vicié, c'est suffisant pour lui donner l'impression d'étouffer... Mais les fenêtres doivent rester fermées, sinon la pluie s'infiltrerait inexorablement à l'intérieur de l'habitacle et ils se retrouveraient tous détrempés.

Loïc devrait pourtant se compter chanceux que le beau-père d'Annabelle ait accepté de les conduire à Montréal, sa petite bande et lui... Même s'il est très reconnaissant, il n'en est pas moins impatient d'arriver à destination parce que ses jambes commencent à être sérieusement engourdies, comme envahies par une colonie de fourmis imaginaires.

En fait, seul Fabrice semble parfaitement à l'aise, étirant ses longues échasses maigrichonnes de tout son long pour profiter pleinement du confort qu'offre le siège avant, côté passager. Il doit ce privilège au fait qu'en plus d'être le plus grand, il est de loin le plus capricieux d'entre tous.

Ses amis ont donc acheté son silence pour que le trajet jusqu'à Montréal soit plus endurable… Force est d'avouer que le résultat est épatant : non seulement Fabrice n'a pas rouspété une seule fois jusqu'à présent, mais, surtout, il se montre étonnamment souriant, la grande ville (ou la pluie ?) ayant sur lui un effet apaisant.

On ne peut pas en dire autant de Sam et de Xavier, qui ne tiennent pas en place, tellement ils sont surexcités !

Ils profitent de chaque feu de circulation pour faire des grimaces grossières au conducteur de la voiture qui a la malchance d'être immobilisée derrière. Samuel tire même avantage de sa place au centre de la banquette pour se pencher fréquemment au-dessus d'Annabelle sous prétexte de vouloir admirer le paysage urbain, alors qu'en vérité, il cherche simplement à humer le parfum de son shampoing.

Si on devait le comparer aux chiens renifleurs des aéroports, le frisé n'aurait certes rien d'un expert en détection d'odeurs, mais son nez ne l'a jamais trompé en ce qui a trait à la fragrance de son fruit préféré. Il reconnaîtrait l'arôme acidulé des agrumes entre tous, et plus particulièrement celui du pamplemousse.

« Miam ! J'aurais envie de la croquer », rêve-t-il tout en étant conscient que le moment serait plutôt mal choisi, avec la présence de son beau-père à l'avant… Quoique, même en l'absence d'un adulte, Sam n'oserait jamais céder à ses impulsions de peur de saboter leur belle relation. Après autant d'efforts, il serait stupide de poser un geste irréfléchi pour ensuite risquer de perdre une si bonne (et jolie !) amie.

Samuel redescend sur terre en sentant Xavier s'agiter à côté de lui, sans se soucier de lui écraser la cuisse ou de lui enfoncer son coude dans les côtes. OUCH ! Pourvu que le Roux puisse entrevoir la ville à travers le pare-brise du véhicule utilitaire, le reste l'indiffère.

— Dans mes souvenirs, ça ressemblait pas à ça, Montréal… Ils sont où, les gratte-ciel ? demande le rouquin.

— Au centre-ville, lui répond Alain.

— OK, mais… là, on est où, si on n'est pas au centre-ville ?

— Ahuntsic.

— À vos souhaits !

Le beau-père d'Annabelle lui lance un regard amusé dans le rétroviseur avant d'éclater d'un rire franc. Dire qu'il se déride serait mensonger, puisque c'est plutôt l'inverse qui se produit : une kyrielle de mini-rides apparaissent ici et là, tant sur son front qu'à la commissure de ses lèvres et de ses yeux, où se forment de jolies pattes d'oie.

— Oh, c'était pas un éternuement, c'est le nom du quartier ! Ahuntsic-Cartierville, pour être plus précis. Ici, c'est assez résidentiel. On est dans la partie nord de l'île…

— Ah ! C'est un drôle de nom.

— C'est aussi ce que j'ai pensé la première fois que je l'ai entendu. Mais il faut dire que Chertsey, Rawdon et Crabtree, ça sonne pas tellement mieux à mes oreilles !

Alors qu'ils sont immobilisés à un énième feu de circulation, Annabelle lève les yeux au ciel pour témoigner son agacement envers ce faux-père qui tente par tous les moyens de gagner sa sympathie en fraternisant avec ses amis.

« Essaie tant que tu veux. Tu seras toujours un sale égoïste à mes yeux », pense-t-elle, amère. Elle ne lui en veut pas tant d'avoir « piqué » sa mère à son père — leur couple battait de l'aile depuis longtemps… finis, les tourtereaux, après la naissance de leur deuxième enfant —, mais elle ne lui pardonnera jamais toutes les décisions que Jeanne et lui ont prises sans la consulter (à commencer par celle de déménager).

Quand le feu passe au vert, un chauffeur pressé klaxonne derrière, faisant sursauter Xavier qui bondit de façon exagérée. Toujours aussi ridiculement intense, il porte la main à son cœur en soufflant un bon coup.

Devant une station-service, une poubelle qui déborde attire l'attention de Fabrice. S'il n'a pas dit un mot depuis leur traversée du pont Papineau-Leblanc, qui relie Laval à Montréal en surplombant la coquette petite île de la Visitation, c'est qu'il a été fortement impressionné à la vue du barrage hydroélectrique, lui qui pensait qu'il n'y avait que le seul et unique Daniel-Johnson à la Manic[13]… Il faut dire que ses propres parents empruntent généralement un autre trajet que celui-ci pour rejoindre la métropole, préférant considérablement le nouveau pont de la A-25, en dépit de son poste de péage. Les de Courval appartiennent à ceux qui croient que le temps, c'est de l'argent. Le nouveau pont est plus rapide ; il est donc plus payant !

— En tout cas, j'sais pas comment les gens font pour vivre ici ! C'est laid, c'est sale et, en plus, c'est bruyant ! s'indigne « Fabriche », retrouvant momentanément sa vraie nature.

— Facile ! Ils se bouchent les yeux, les oreilles pis le nez ! répond Sam du tac au tac.

---

13 Centrale hydroélectrique comprenant un immense barrage de 214 mètres de hauteur sur 1314 mètres de largeur, érigé à travers la vallée de la rivière Manicouagan, située sur la Côte-Nord du Québec.

L'effet est instantané : tous les occupants de la voiture pouffent de rire, y compris Alain, dont l'haleine envahit l'habitacle dès qu'il a le réflexe de se tourner vers les jeunes dans un élan de complicité. Ils ont tous le réflexe de se boucher le nez, ce qu'Alain-Haleine interprète aussitôt comme une démonstration physique du comportement des Montréalais.

— Annabelle m'avait pas dit que vous étiez des petits comiques ! Si ça peut vous rassurer, il y a des quartiers beaucoup plus beaux, et on s'habitue vite aux bruits et aux odeurs…, affirme celui dont l'hygiène buccale laisse à désirer.

— Sûr de ça ? fait Sam, un brin insolent, en continuant de se pincer le nez, contrairement à ses amis pour qui la blague a assez duré.

N'ayant aucunement le sentiment d'être la risée de ses passagers, le beau-père continue sur sa lancée…

— J'ai habité dans ce coin-ci, un peu plus à l'ouest, pendant une bonne partie de mes études en médecine dentaire à l'Université de Montréal. C'est ici que j'ai passé mes plus belles années, avoue Alain, le regard perdu dans le vague, voilé d'une lueur de nostalgie.

— Je pensais que tes plus belles années, c'était avec ma mère ! lui reproche instantanément sa belle-fille pour rompre la magie.

Quoi! Il faut bien que quelqu'un lui rappelle de garder les yeux sur la route qui défile devant lui!

— C'était une façon de parler, voyons! Faut pas tout prendre au pied de la lettre, Annabelle.

— Ah, OK. Ça fait que, quand tu me dis de ranger ma chambre, ça aussi, c'est juste une façon de parler… donc je suis pas obligée de t'écouter!

— Non! Tu sais très bien que c'est pas ça que je voulais dire, rétorque Alain en se voulant autoritaire, même s'il est clairement embarrassé de perdre ainsi la face devant les jeunes.

Pas surprenant, donc, qu'il change brusquement de sujet:

— Au fait, toi, Xavier, est-ce que tu… As-tu déjà rencontré un orthodontiste?

— Euh… ça dépend. Est-ce que c'est comme un dentiste, ça?

— Ouais, mais en mieux payé! résume Fabrice.

— Ah, ben, la réponse est non, dans ce cas-là… C'est pas trop le genre de ma mère de payer plus cher. Elle est plus du genre Toyota que Ferrari, mettons.

Alain rigole de plus belle. Il trouve manifestement les amis de sa belle-fille très amusants.

— C'est une drôle d'analogie, mais je pense pas que ça puisse s'appliquer, ici. Le dentiste fait pas le même travail que l'orthodontiste… En fait, si je te pose la question, c'est que je remarque que ta mâchoire inférieure est légèrement en retrait.

— Ah?

— Tourne ta tête vers Annabelle, juste pour voir…

Xavier s'exécute, interdit, tandis qu'Alain étudie son profil dans le rétroviseur.

— Hum… c'est bien ce que je pensais… Ta mâchoire supérieure est trop proéminente. Tu as ce qu'on appelle un menton fuyant.

— Euh…

— Pour l'instant, c'est pas très apparent, mais je recommande quand même un avancement mandibulaire parce que tu vas devoir régler le problème par la chirurgie, tôt ou tard. Pis ça risque d'être pas mal plus douloureux et aussi plus coûteux, si tu attends trop…

— Oh…

— Et pendant que j'y suis, comment est-ce que tu t'appelles, toi, à côté?

— Moi? demande BD, se sentant observé.

— Oui, toi.

— Loïc.

— Toi aussi, il faudrait que tu songes à l'orthodontie. Ton problème est mineur comparé à celui de ton ami, mais je te conseillerais tout de même un redressement des incisives supérieures… Si vous voulez, je pourrais vous laisser ma carte.

Ou mieux : vous me laissez votre numéro à la maison et je téléphonerai à vos parents.

À bien y penser, Annabelle aurait nettement préféré que son laid-père continue à vouloir faire « ami-ami » avec les garçons plutôt que d'essayer de les attirer dans son fauteuil d'orthodontie...

— Franchement, Alain ! Laisse-les donc tranquilles !

— Pourquoi ? Moi, c'est pour eux que je dis ça...

— Mon œil ! Dis plutôt que tu te cherches des patients parce que ça va pas aussi bien que tu le voudrais au cabinet.

— Franchement, Annabelle ! Où est-ce que tu vas chercher des niaiseries pareilles ? s'offusque le faux-père.

— Je t'ai déjà entendu le dire à ma mère...

— Eh ben, t'as mal entendu ! Ça n'a absolument rien à voir avec les ennuis que j'ai au cabinet. Que ce soit avec moi ou un autre, ils devront avoir recours à l'orthodontie un jour ou l'autre !

À partir de ce moment, Sam et Fabrice décident de garder la bouche fermée durant tout le reste du trajet... On ne sait jamais : Alain-Haleine pourrait leur découvrir des anomalies dentaires, à eux aussi !

Loïc choisit d'en faire autant. Il serre les dents, vaguement mal à l'aise d'avoir reçu un diagnostic sans même l'avoir demandé. Les paroles de l'orthodontiste résonnent encore dans sa tête parce que, sur le coup, elles lui ont fait un peu peur… « Redressement des incisives supérieures »… Quelle sorte d'outils emploie-t-on pour redresser des dents, EXACTEMENT ?

Il déglutit péniblement en braquant son regard sur l'extérieur pour éviter celui du beau-père d'Annabelle, ne sachant trop ce qui l'irrite davantage entre le picotement dans ses jambes ou la perspective d'une visite forcée au royaume de la prothèse dentaire.

Pour se changer les idées, il regarde la route défiler. Loïc réalise que, lorsqu'il vient à Montréal, il passe généralement le trajet le nez plongé dans une bédé. Il est donc surpris de voir autant d'arbres, lui qui s'attendait à trouver du béton, mur à mur. Il a une pensée pour Mathis qui n'a pas pu les accompagner sous prétexte qu'il devait rester à la maison pour donner un coup de main à Rodrigue sur le terrain. Si l'écologiste en herbe était assis à ses côtés, BD parie qu'il lui prendrait l'envie de sortir tous les feuillus et les conifères urbains de terre pour les ramener chez eux, dans Lanaudière.

La grisaille qui enveloppe la métropole est toutefois telle que Loïc se rappelait, mais il doit reconnaître que la pluie qui s'abat sur la ville ne contribue certainement pas à redorer la perception qu'il s'en faisait. Le paysage est terne et, avouons-le, plutôt laid.

De son côté, ce qui surprend Xavier, c'est le nombre phénoménal de commerces, de passants et d'arrêts d'autobus, pour un secteur dit résidentiel…

— Est-ce que c'est vraiment nécessaire de mettre des abribus et des dépanneurs à chaque coin de ruc?

— Peut-être qu'il pleut souvent, ici…, avance Annabelle, peu convaincue par son hypothèse. Pis peut-être que les gens de la ville sont plus paresseux que ceux des régions. À Pont-Rouge, il fallait que je marche genre… douze minutes pour aller m'acheter des jujubes à la station-service.

— C'est clair! Regardez le gars à roller, là-bas. C'est son chien qui le promène!

Annabelle tourne son regard vers l'extérieur, dans la direction pointée par Xavier, mais, à défaut d'apercevoir le patineur tiré par son compagnon canin, ses yeux s'égarent sur une adolescente d'à peu près leur âge, adossée à l'abribus, de profil.

Son cœur manque un battement et ses yeux s'ouvrent grand, sans ciller, tandis qu'une décharge électrique lui parcourt l'échine. Difficile de distinguer le visage de la fille; pourtant, Annabelle croit la reconnaître instantanément.

« OH, MON DIEU ! Qu'est-ce qu'elle fait ici ? »

Soit elle hallucine, soit Léa se trouve réellement à quelques mètres devant elle… Pas la vraie et authentique Léa, mais bien la nouvelle ; celle qui écoute du rap, qui s'habille en rose et qui surveille son poids.

Sauf que…

Il est tout simplement impossible qu'Annabelle croise son amie d'enfance ici, par pure coïncidence ! Les parents de Léa ont la ville de Québec tatouée sur le cœur, et celle de Montréal en horreur. Aucune chance qu'ils soient venus jouer les touristes dans ce coin de pays.

Verdict : Annabelle hallucine.

Ce ne sera ni la première ni la dernière fois. Mais, pour sa défense, aussi bien admettre qu'elle pense constamment à son ancienne meilleure amie, ces jours-ci. Elle a l'impression de la voir partout, comme si tout et n'importe quoi lui rappelait Léa : les paroles d'une chanson entendue à la radio, un étalage de friandises au dépanneur, *Spiderman* qui semble passer sur toutes les chaînes de télévision…

Argh ! De quoi virer marteau avant l'arrivée du beau temps !

N'empêche que, depuis la dernière fois qu'elles se sont vues, en mars, Annabelle n'a toujours pas trouvé la force de la rappeler. Elle estime qu'elle n'a rien à se reprocher et que ce serait à Léa de faire les premiers pas, de tenter une réconciliation ou, du moins, de lui fournir quelques explications.

« Je peux pas croire que c'est pas elle… Elle est pareille ! » songe Annabelle en notant la posture à la fois nonchalante et très assurée de la jeune fille qui se tient non loin, un genou relevé et la plante du pied plaquée contre le muret, sous la paroi vitrée.

Comme Léa, quand elle attend impatiemment quelque chose. Ou quelqu'un.

Le feu passe au vert. Alain appuie sur l'accélérateur. La fille à l'air blasé ne devient qu'un minuscule point derrière, si bien qu'au moment où un jeune homme la rejoint, Annabelle est déjà trop loin pour le voir…

Si ce n'était de l'immense tag orange annonçant le TAZ en lettres géantes, l'édifice grisâtre de 85 000 pieds carrés qui abrite le Roulodôme et le Skatepark ressemblerait à n'importe quel entrepôt des quartiers industriels.

Mais la première impression qu'Annabelle et les garçons ont, en entrant dans le bâtiment, est tout autre. Ils ont le sentiment de fouler un endroit sacré ; la Mecque du skateur, le Taj Mahal du planchiste, le chemin de Compostelle du sportif extrême… un lieu de pèlerinage hautement spirituel pour futurs *riders* professionnels ; un lieu qu'on croirait sous l'attraction d'une force supérieure parce qu'il vous donne envie de vous mettre à genoux et de prier pour devenir un bon skateur, le meilleur.

Autrement dit, les cinq amis ont tous la conviction qu'ils s'apprêtent à vivre un moment très, TRÈS important.

À l'intérieur, donc, un design épuré dans les tons de rouge et de noir. Leur planche sous le bras, ils traversent un couloir où s'alignent, en hauteur, une dizaine de vieilles bicyclettes rétro, depuis le modèle « *old school* » peinturé or jusqu'à l'antiquité à roulettes entièrement faite de bois. Des skates artisanaux sont également exposés sur les murs, côtoyant harmonieusement quelques œuvres d'artistes urbains joliment mises en valeur par les plafonds qui atteignent des hauteurs vertigineuses. Sur leur gauche, une vaste pièce circulaire : le Roulodôme. Devant eux, un escalier menant Dieu sait où… Ils continuent tout droit en se laissant guider par la douce musique des roues qui s'usent.

L'endroit exerce déjà sur eux une fascination sans borne. Ils sont tous charmés avant même d'avoir mis les pieds dans la salle aux mille merveilles. La rumeur familière des planches qui roulent et les clameurs invitantes des skateurs qui se défoulent les attirent irrésistiblement vers la pièce à aire ouverte, au fond… mais encore faut-il passer par la billetterie afin d'y présenter leurs cartons d'invitation.

Sam fait signe à ses amis de le suivre. Annabelle lui répond par un ravissant sourire avant de lui emboîter le pas.

Mais, contrairement à sa planche, le garçon n'est pas fait en bois! Tandis que son cœur s'affole, le frisé songe qu'il ne pourra pas garder cette situation au point mort bien longtemps encore… La savoir à la fois si proche et si intouchable devient de plus en plus insoutenable pour lui. Et c'est sans compter ses pauvres hormones qui sont en totale réaction contre son inaction. M'enfin…

Avant de tenter quoi que ce soit avec elle, encore doit-il voir une lueur d'espoir au bout du tunnel! Encore faut-il que le poisson soit sur le point de mordre à l'hameçon!

Parlant de poisson, aussi bien mettre une fois de plus son imagination débordante à contribution en faisant honneur à sa deuxième fête préférée (après la sienne, doit-on le rappeler?).

Sam se donne une bonne claque sur le front et prend un air consterné pour déclarer:

— Oh, non ! J'ai oublié les billets à la maison…

— Euh… tu niaises ? réagit prestement Annabelle.

— Non ! Je les ai laissés sur la table de cuisine.

— Je suis sûr qu'il niaise, la rassure aussitôt Loïc, connaissant la propension de son meilleur ami à les faire tourner en bourrique.

— NON ! Regardez, mes poches sont vides, se défend Samuel en joignant le geste à la parole.

En effet, nulle trace des billets.

— OK, ouin… Mais là, qu'est-ce qu'on fait ? J'ai pas amené d'argent, moi ! panique déjà Xavier, la bouche en « O » et les yeux agrandis comme ceux d'un merlan frit.

— Moi non plus…, reconnaît Annabelle en inspectant le contenu de son portefeuille.

— T'es vraiment nul, Sam ! Moi, j'paie pas pour tout le monde, hé ! s'exclame Fabrice (à qui on n'avait, en fait, rien demandé).

Un sourire triomphant naît sur les lèvres de Bozo Blondin, infiniment satisfait d'avoir mystifié ses copains, sachant les billets en toute sûreté, dissimulés sous son chandail.

— Ah ! Ah ! Je vous ai eus ! Poisson d'avril ! se réjouit-il en faisant apparaître les cartons derrière son dos.

— Ouache, Sa-am ! Tu les avais cachés dans tes bobettes ? s'écrie Annabelle avec dédain.

— Ben non! Je les avais juste coincés dans l'élastique de mes boxers. Ils ont pas touché à mes fesses. Inquiète-toi pas!

— Quand même. J'aime mieux pas prendre de chance... BD, pourrais-tu prendre mon billet à ma place, s'il te plaît? fait-elle, mi-sérieuse, mi-baveuse.

Loïc soupire bruyamment, l'air de dire: «Je vous avais prévenus...», ce qui fait instantanément rigoler ses amis. Personne ne paraît s'offusquer de s'être laissé prendre au jeu, chacun étant plutôt soulagé de ne pas avoir fait tout ce trajet jusqu'au Taz pour finalement s'en voir refuser l'entrée!

Sam se présente avec les autres au comptoir d'accueil afin de remettre les billets de courtoisie à l'employée, une jeune femme aux allures de punkette qui, avec sa crinière sauvagement ébouriffée, son bras droit tatoué en entier et son piercing planté au creux de sa joue, à mi-chemin entre sa bouche et son oreille, représente certainement l'antithèse de la réceptionniste traditionnelle.

Annabelle sourit; le genre farouche, anti-conventionnel, qu'arbore cette fille est d'enfer. Elle aimerait bien lui ressembler, ne serait-ce que pour faire flipper sa mère!

Quand ils découvrent l'immense salle aménagée de modules pour les fins et les fous, avec des installations pour tous les goûts, les cinq amis doivent littéralement se pincer pour s'assurer qu'ils ne sont pas en train de rêver.

Une sorte de mirage collectif, quoi. Trop beau pour être vrai!

Ils s'élancent tous sans plus tarder, bondissant sur leur skate pour rouler comme des forcenés en direction des modules qui ne sont pas déjà utilisés par les autres jeunes planchistes. Heureusement pour eux, il n'y a pas foule, et la salle est donc presque à leur entière disposition, tel un immense terrain de jeu.

En fait, seul Sam est un peu déçu de constater qu'il n'y a aucune fille en vue. Comment pourra-t-il rendre Annabelle jalouse si elle est la seule «poulette à roulettes» ici, comme dirait Landry?

Il met une bonne partie de la matinée à élaborer un semblant de stratégie. Décidément, pas facile de faire travailler ses neurones quand, en apparence, c'est le corps qui fonctionne. Et à pleine vapeur! La sueur perlant sur son front, Sam roule sans relâche pour enchaîner les figures les plus faciles qu'il connaisse — *ollie**, *manual**, *nose manual** — afin de rester concentré autant que possible sur son objectif de la journée.

Ce n'est qu'après leur dîner, ingurgité en vitesse sur le coin d'une table, que Samuel décide enfin de mettre à exécution son plan B (C, D, …?). Il profite du fait que la belle est presque à portée de main et que les gars sont à l'autre bout de la salle (et donc très loin) pour prendre de la vitesse, dangereusement, furieusement.

Puis il fait mine de perdre l'équilibre dans l'un des gros *quarter-pipe** avant de se laisser choir sur le dos comme une tortue sur sa carapace, dévalant le plan incurvé jusqu'à se retrouver étendu sur le plancher.

Sam est peut-être un as dans l'art de tomber et de se relever, mais, cette fois, la nervosité a rendu ses muscles si tendus que sa colonne vertébrale réceptionne durement sa chute, le faisant geindre sous le coup d'une douleur aussi surprenante que cuisante.

Mais… coup de malchance ! Annabelle ne l'a même pas vu, trop occupée à rouler dans la direction opposée, là où se trouvent Loïc, Fabrice et Xavier. C'est plutôt un petit garçon de six ou sept ans, haut comme trois pommes (bon… disons quatre ou cinq pommes, pour être plus réaliste) qui se précipite vers lui en roulant avec une telle assurance que Samuel serait prêt à jurer qu'il a appris à skater avant même de savoir marcher.

— T'es-tu correct, *man* ? s'enquiert le petit homme d'une voix qui se veut plus mature qu'elle ne l'est en réalité.

— Ouais, ouais…, aboie Sam, sa voix trahissant une bonne dose d'orgueil mal placé.

Il se relève d'un bond, gémit encore un bon coup et se dirige vers les panneaux délimitant le skatepark en faisant mine de boiter, dans une ultime tentative pour attirer l'attention d'Annabelle.

« Si ça fonctionne pas cette fois-ci, j'abandonne la partie… », essaie-t-il de se convaincre en avançant, tout en tâchant d'éviter le regard de ses amis.

Du coin de l'œil, Annabelle perçoit du mouvement et se retourne pile au moment où Sam quitte l'enceinte pour rejoindre les tables de style « cafétéria ».

Elle se mordille la lèvre, hésitante, puis elle se résout enfin à aller le retrouver, simplement parce qu'il lui inspire une certaine pitié… et aussi parce que c'est ce que font les amis, généralement.

— SAM ! Est-ce que ça va ? Qu'est-ce que tu t'es fait ?

— Ah, c'est rien. Je suis tombé tout croche, mais ça va. Je veux juste m'asseoir un peu…

— Est-ce que je peux m'asseoir avec toi ?

— Non, non… Tu ferais mieux de continuer à t'entraîner pour la compé, fait Sam, allant totalement à l'encontre de sa pensée.

— C'est pas deux minutes qui vont changer quoi que ce soit ! l'assure Annabelle en prenant place à ses côtés.

Sans trop savoir pourquoi, le frisé s'empresse alors de lui confier :

— J'ai rêvé à Cassandre cette nuit.

— C'est qui, Cassandre?

— La fille d'hier. Celle qui m'a donné son numéro.

— Ah… Et pourquoi tu me dis ça? Est-ce que c'est censé m'intéresser? réplique sèchement Annabelle.

— J'sais pas, c'est sorti tout seul! C'est juste que j'ai pas l'habitude de rêver à des filles, mettons.

Un ange passe…

— C'est qui, les autres? demande l'adolescente en se voulant détachée.

— Les autres quoi?

— Ben, les autres filles!

— Ah! Euh… il y a juste Cassandre, prétend Sam, peu convaincant.

— Pourquoi t'as dit «des filles» au pluriel, d'abord?

— Je me suis mal exprimé, c'est tout.

— OK…

À présent, ce sont tous les membres de la congrégation des anges et des archanges qui passent! Sam et Annabelle se regardent sans rien dire, vaguement embarrassés. Lui parce qu'il se trouve ridicule de se livrer à de telles bassesses pour la faire réagir; elle parce qu'elle ne comprend justement pas ce qui la fait réagir dans les confessions de son coéquipier.

Qu'est-ce que ça peut bien lui faire, que Sam s'intéresse à une fille? Qu'il devienne soudainement populaire, tant auprès des groupies que des commanditaires?

C'est Loïc qui lui plaît, non? Il est tellement beau, tellement mystérieux, tellement...

Un nouveau doute l'assaille lorsqu'elle voit la parfaite copie de Loïc, juste devant eux. Encore plus beau, plus grand et plus viril que le vrai.

Ludovic.

Arghh! Avec autant de beaux spécimens réunis, il y a de quoi frôler l'hystérie!

À voir la tête qu'il fait, Samuel ne s'attendait visiblement pas à ce que Ludovic et Landry les rejoignent ici. C'est pourtant ce que Loïc et Annabelle ont convenu, à son insu. Comme si leur présence n'était pas suffisante pour agacer le frisé, le grand frère de Loïc se met en tête de le provoquer:

— Hé, Bozo Blondin! Pis? As-tu été recruté par un cirque, finalement?

— De quoi tu parles?

— Ben, de ta démo! C'était pas ça, le but, lancer ta carrière de clown?

— Ha! Ha! Très drôle, ironise Sam, sur la défensive.

— Non, c'est toi qui es drôle, Bozo! renchérit Ludovic en parodiant la mimique d'extrême concentration qu'affiche Sam dans sa vidéo au moment d'exécuter son *rodeo* 720°.

— T'es vraiment con, Ludovic Blouin-Delorme. Est-ce que tu le sais, ça ?

— Est-ce que c'est moi, ou le nain est devenu pas mal susceptible depuis qu'il se prend pour une vedette ?

— Hein ? Tu dis tellement n'importe quoi !

— Ah ouin ? C'est pas ça que mon frère pense, pourtant…

— Qui, ça ? Laurent ?

— Non, non… Mon *bro*, ici présent, renchérit Ludo en pointant du menton Loïc qui se joint à eux à l'instant.

— Ludo, ferme-la, lui assène ce dernier d'une voix sans appel.

— Ben quoi !

— BD, de quoi il parle ?

Son meilleur ami l'interroge de son regard de chiot maltraité, celui qu'il prend involontairement lorsqu'il se sent attaqué. Mais Loïc n'a pas l'intention de céder. Le moment est vraiment mal choisi pour en parler.

— Rien…, nie-t-il.

— Si tu lui dis pas, je vais lui dire, moi.

Durant une fraction de seconde, le chantage de son aîné semble avoir une certaine emprise sur Loïc, qui ouvre la bouche pour dire quelque chose avant de se raviser.

En l'absence de Mathis, leur médiateur atti-tré, c'est Annabelle qui se charge de faire revenir la paix et l'ordre, façon film policier de série B :

— Ludo, si t'es venu ici pour foutre le bordel, t'es aussi bien de partir !

— OK, se contente de lui répondre le jeune homme en la défiant du regard.

Et il repart comme ça, sans prévenir. Avec le Gros Landry, il va sans dire…

10

Dans la salle d'attente du cabinet d'orthodontie d'Alain (Haleine) et associés, Loïc et Xavier patientent sagement, quoique «sagement» soit un bien grand mot. Disons plutôt qu'ils patientent docilement. Résignés.

Si ce n'était de leurs parents, ils n'auraient jamais mis les pieds ici. Dire qu'en ce moment même ils pourraient s'amuser au skatepark avec leurs amis! Xavier enrage juste d'y penser.

Plus que cinq semaines avant l'épreuve *X-treme — Skateboard* de la compétition multidisciplinaire «Planches d'enfer». Le 14 mai approche à vitesse grand V, mais le rouquin n'a pas eu l'occasion de s'exercer depuis sa visite au Taz, la semaine passée! Il aura toutefois intérêt à être très, très solide sur sa planche s'il veut impressionner le jury et récolter suffisamment de points pour permettre à son équipe de monter dans le classement. Les Backsiders, formés par Mathis, Fabrice et lui, occupent actuellement la septième position en raison de la performance inégale du Français durant l'épreuve de *slopestyle*. Il faut dire que Fabrice s'est fait voler son équipement juste avant la

131

qualification pour la finale, alors on le comprend d'avoir été quelque peu… déstabilisé par l'incident[14]!

Calé dans l'inconfortable chaise à ses côtés, BD semble ne pas s'inquiéter le moins du monde. Le nez plongé dans une bande dessinée, l'air imperturbable, il tue le temps avec l'arme la plus infaillible qu'il ait trouvée. Du plus loin qu'il se souvienne, la lecture d'histoires terrifiantes l'a toujours aidé à fuir ses insignifiantes peurs quotidiennes.

Xavier, lui, ne peut s'empêcher de poser un regard horrifié sur les innombrables photographies laminées qui présentent fièrement les bouches anonymes de parfaits étrangers.

«Yark! Drôle de décoration!» pense-t-il en comparant l'état de la dentition des patients AVANT et APRÈS leur passage dans ce cabinet.

- AVANT: sourire timide, dents affreusement croches (pour la plupart);
- APRÈS: sourire plus assuré, dents tellement droites qu'on dirait presque un dentier.

Aucune photo du PENDANT, toutefois.

Xavier suppose que les images de dentitions clôturées de similibarbelés sont moins invitantes, voire démoralisantes, d'où leur absence évidente…

---

14 Voir *Planches d'enfer, Samuel: 360°*.

En analysant sans grand intérêt les autres éléments décoratifs — qui se résument à une moquette grise, des chaises de plastique totalement anti-orthopédiques et une belle tapisserie fleurie —, il en arrive à la conclusion que la pièce aurait grandement besoin d'être rafraîchie; bref, un peu comme l'haleine d'un certain orthodontiste dont il serait inutile de rappeler le nom ici...

La porte donnant sur le couloir s'ouvre sur une jolie fille de douze ou treize ans accompagnée de sa mère. Xavier remarque instantanément l'uniforme de collège privé qu'elle porte (à merveille!) et comprend ainsi pourquoi il n'avait jamais eu la chance de la croiser auparavant. Lorsqu'elle ouvre la bouche pour lui sourire timidement, il déchante en découvrant les disgracieuses rangées de broches qui recouvrent ses dents.

Il se tourne vers son ami pour marmonner :

— Ça me tente pas, de porter des broches! Ou de porter un appareil ou je sais pas quoi!

— Moi non plus, répond Loïc, sans même prendre la peine de relever le nez de sa bande dessinée.

— Qu'est-ce qu'on fait ici, d'abord?

— D'après toi?

Xavier soupire bruyamment.

— Je pense qu'on s'est vraiment laissé avoir comme des débutants... Pourquoi on lui a donné le numéro de nos parents, aussi?

— Parce qu'il nous l'a demandé.

— Ben, c'était vraiment niaiseux! On aurait pu lui donner un faux numéro.

— On n'y a pas pensé, c'est tout.

— Coudonc! Ç'a même pas l'air de te déranger, de te ramasser avec une bouche en métal! T'as pas pensé à tous les trucs qui vont rester pognés dans nos dents? À la tête de minable qu'on va avoir sur notre prochaine carte étudiante? Aux risques qu'on va courir en restant dehors quand il y a des éclairs? Pis aux filles qui voudront rien savoir de nous jusqu'à la fin du secondaire? Non, tu penses pas à ça. Même que tu t'en fous! Toi, t'as une belle gueule, t'auras juste à garder la bouche fermée pour pogner avec les filles… moi, je suis roux pis en plus, j'ai déjà des lunettes, t'sais! Aussi bien me trouver tout de suite un bon sac en papier pour me cacher durant les deux prochaines années!

Xavier est tellement rouge qu'il paraît sur le point d'exploser. Sa petite montée de lait n'a pas échappé à sa mère et au père de Loïc, ni même à la réceptionniste et à la jolie collégienne. Si la mère de cette dernière n'était pas sortie pour prendre un appel, elle l'aurait sans doute dévisagé au même titre que les autres.

Le rouquin se racle la gorge, gêné de se retrouver, malgré lui, au centre de l'attention. Bon, il l'a un peu cherché, direz-vous, mais

Xavier Lebel est un sanguin, il n'y peut rien. Chaque fois que l'angoisse lui rend visite, la seule façon pour lui de se calmer est de tout verbaliser. Blablabla... Lorsqu'il met des mots sur ses craintes, elles lui paraissent soudain moins menaçantes, presque inoffensives.

— Tout va bien, mon chou?

— Oui, ça va, m'man! (Mêle-toi de tes affaires, m'man!)

La réponse semble satisfaire Jo Ann, puisqu'elle se retourne aussi vite pour reprendre le fil de sa discussion avec Michel, le père de BD.

Le moins qu'on puisse dire, c'est que leurs parents n'ont pas perdu de temps pour faire connaissance. Leurs fils respectifs n'ont même pas eu à les présenter; ils se sont eux-mêmes lancés corps et âme dans une passionnante conversation sur... leurs garçons (et donc eux, en l'occurrence!).

— Je dois vous dire que mon fils a vraiment hâte de participer à la compétition que votre fils organise pour l'école. Xavier en parle depuis des mois!

— À qui le dites-vous! Avec Loïc et Ludovic, c'est pareil. Et même sûrement pire, si je peux me permettre.

— Oui, vous avez raison! Et pas la peine de me vouvoyer! Euh... à moins que vous y teniez vraiment?

— Non, non ! C'était juste pour être poli. On doit avoir à peu près le même âge ! Quoique vous… je veux dire… tu parais plutôt jeune !

— Merci ! fait Jo Ann, ravie. Tu parais très bien, aussi… En tout cas, tu dois être fier de ton fils. C'est tout un projet qu'il organise !

— Oui. Je suis surpris qu'il prenne ça aussi à cœur. J'avais jamais vu Ludovic s'investir dans un projet avec autant de sérieux.

— C'est la passion ! Les jeunes font des choses étonnantes quand ils ont la motivation nécessaire pour y arriver. Ma grande s'est mise en tête d'organiser un défilé de mode pour son projet personnel, l'an prochain. Elle voudrait même inviter Marie-Mai à venir chanter durant son événement !

— Ouin… elle a de la suite dans les idées, ta fille !

Jo Ann éclate d'un rire sonore que son fils ne lui connaissait pas, une sorte de ricanement extravagant qui résonne trop bruyamment.

— Oui, c'est une tête forte, Ariane !

« Pourquoi est-ce qu'elle rit ? C'est même pas drôle ! » s'indigne Xavier en l'observant effrontément, spectacle dont il se lasse toutefois plutôt rapidement.

Ses yeux s'égarent une fois de plus sur la désolante décoration avant de se poser sur la pile de vieux magazines et de journaux flétris qui ne font qu'attendre qu'un patient les choisisse, par dépit. Ce n'est qu'en y regardant de plus près que son visage s'illumine.

« *Le Petit Lanaudois* de cette semaine ! Il y a peut-être un article sur l'épreuve de skate, comme celui de cet hiver sur l'épreuve de *slopestyle*[15]... »

Xavier étire le bras pour attraper l'unique exemplaire du journal local. Tandis qu'il le feuillette, un titre pour le moins curieux attire son attention :

VANDALISME DANS UN MARCHÉ TRADITION DE LA RÉGION. DEUX MINEURS APPRÉHENDÉS.

Monique Lehoux
m.lehoux@petitlanaudois.com

Saint-Côme — C'est au marché d'alimentation Tradition situé sur la rue Principale du village de Saint-Côme que sont survenus d'étranges événements dimanche passé. En effet, on rapporte que le département des viandes aurait fait l'objet d'une forme de vandalisme pour le moins inusitée alors que les emballages de veau et d'agneau se sont vu décorer d'autocollants au caractère engagé

---

15   Voir *Planches d'enfer, Samuel : 360°*.

dénonçant l'abattage précoce des jeunes bovidés à des fins de consommation. Des phrases lourdes de sens telles que : « J'ai cinq mois et demi » ; « Je m'appelle Junior » ; « Ma maman me trouve tendre. Et vous ? » ; « Né en octobre, mort en avril… » (pour ne citer que celles-là) ont été trouvées sur la totalité des emballages des produits mentionnés ci-dessus.

Les responsables des méfaits ont été appréhendés à leur sortie du commerce, ayant été surpris en pleine action par les caméras de surveillance de l'établissement. Nous pouvons certifier que le tandem était formé d'une fille et d'un garçon, comme cela a été rapporté au policier dépêché sur les lieux, mais nous ne pouvons toutefois révéler l'identité des vandales en raison de leur jeune âge, étant tous deux mineurs. Espérons toutefois que ces adolescents en tireront une bonne leçon. C'est du moins le souhait qui a été formulé par Angéline Thériault, une cliente du marché d'alimentation qui a été témoin de cet incident insolite lui ayant causé toute une commotion.

« Une fille et un garçon. OH, MON DIEU ! Je peux pas croire qu'ils ont fait ça ! Bon… il y a rien qui prouve que c'est eux, mais je connais pas beaucoup d'autres végétariens dans le coin... »

— BD, lâche ta bande dessinée, ordonne Xavier en accompagnant sa directive d'un léger coup de coude dans les côtes (pas assez fort pour paraître agressif, mais juste assez amical pour être persuasif).

— Ayoye! C'est quoi, ton problème? grogne Loïc sans toutefois lever les yeux de sa bande dessinée.

— Il faut absolument que tu lises ça!

Cette fois, Xavier s'assure d'interrompre la lecture de son ami en plaçant le journal sous son nez, à même la bédé. Loïc a tout juste le temps de parcourir le titre et l'amorce de l'article qui rend son ami si agité qu'il est de nouveau sollicité :

— Loïc Blouin-Delorme?

— Hein?

— Oh, non! La madame t'appelle. C'est ton tour!

— Ah! Tu me feras un résumé.

— Je vais faire mieux que ça...

Tandis que son ami disparaît derrière la porte menant au cabinet (de l'orthodontiste, pas des toilettes!), Xavier jette un regard à la ronde pour s'assurer que personne ne le regarde. La jeune secrétaire d'Haleine et associés s'accroche au téléphone comme si sa vie en dépendait, probablement en ligne avec son amoureux, ce qui expliquerait ses chuchotements et ses joues en feu. Voilà qu'elle ricane bêtement, comme sa grande sœur Ariane en présence des quelques gars «vraiment potables» de l'école (à en croire les descriptions inter... minables qu'elle en fait avec son inséparable amie Marisa).

Mais... OH, NON! Xavier réalise avec déception que le rire provient de sa mère. Qu'at-elle à rire de cette façon? Aurait-elle attrapé un virus quelconque, un microbe qui rend débile?

Et parlant de débiles fous à lier, Xavier commence sérieusement à croire qu'il y a des vandales parmi ses amis. Pour en avoir le cœur net, il devra interroger le principal suspect dans cette affaire, mais encore lui faut-il des preuves, histoire de s'assurer un minimum de crédibilité.

Il profite de la «débilité» passagère des personnes présentes dans la salle d'attente pour subtiliser en douce la coupure de journal. Il referme son sac, satisfait, persuadé d'avoir été plus discret que jamais, mais...

— Xavier Lebel?

Oups! On dirait bien que l'assistante dentaire le regarde d'un drôle d'air. Lorsqu'il sortira d'ici, aura-t-il droit à une escorte policière, lui aussi?

Le moins qu'on puisse dire, c'est que dans les rues de Rawdon, le joyeux groupe formé par Samuel, Mathis, Fabrice, Ludovic, Landry et Annabelle ne passe pas inaperçu. Le roulement de leurs planches sur l'asphalte les précède largement, si bien qu'on les entend arriver bien avant de les voir défiler.

Avec ses dreadlocks flottant au vent, ses pantalons bouffants et ses pieds nus[16] mordant la poussière à même sa planche, Annabelle se laisse volontiers tirer par Ludovic en riant allègrement sous le regard envieux de Sam. En effet, le frisé se maudit de ne pas avoir pensé à le lui proposer le premier. Il écoute d'une oreille indiscrète la conversation de la belle et du grand frère de son meilleur ami :

— On pensait vraiment que vous étiez partis pour de bon, l'autre fois, au Taz !

— Ben là ! On vous aurait pas fait ça… pas à toi, en tout cas !

— Ha ! Ha ! On sait jamais, avec vous.

— On était juste sortis voir le Projet 45[17] pour donner à mon frère et à Bozo la chance de s'expliquer.

---

16 Annabelle ne connaît manifestement pas le proverbe qui dit : « En avril, ne te découvre pas d'un fil. »

17 Ayant débuté à l'été 2010, ce projet de skatepark extérieur en béton (adjacent au Taz) est une initiative de plusieurs skateurs bénévoles.

— Vous auriez dû me le dire. Moi aussi j'aurais aimé ça, le voir, au lieu de rester là à les écouter parler !

— Je voulais pas te déranger. De toute façon, on voyait pas grand-chose à cause de la neige.

— Quelle neige ?

— Ben, l'espèce de sloche grise qu'il reste à Montréal…

Ils sont momentanément interrompus par la sonnerie d'un téléphone cellulaire jouant les premières notes de la chanson *Lonely Boy* du groupe The Black Keys, qu'elle a choisie en l'honneur de la démo de Samuel.

— C'est le mien ! claironne Annabelle en tirant l'appareil de sa poche pour consulter son afficheur.

En voyant le numéro indiqué à l'écran, l'adolescente se rembrunit. Elle coupe aussitôt la communication, par réflexe.

— Tu réponds pas ? lui demande Ludovic, perplexe.

— Non… c'est mon ancienne *best*, Léa. On est en froid…

— Peut-être, mais… c'est sûrement pas en continuant de la bouder que ça va s'arranger entre vous !

— Je sais. Je préfère la rappeler plus tard. J'ai pas envie d'avoir une discussion sérieuse avec elle, en ce moment.

Le skatepark de Rawdon est maintenant en vue. Annabelle se dégage de l'emprise de Ludo et s'élance vers l'entrée pour s'assurer d'être la première à y mettre les pieds (même nus!).

— *Shotgun* sur le *quarter-pipe*! annonce-t-elle en entrant précipitamment dans le parc.

— Désolé, Bébelle, mais la rampe* est à moi. Je l'ai dit avant! réplique Fabrice, la talonnant de près.

— Ouin, pis? T'as jamais entendu parler de la galanterie?

— Ouais, mémé dit toujours que la galanterie est morte et enterrée. Comme je suis pas sorcier, je vois mal comment je pourrais la ressusciter!

— T'es vraiment cave, Fab!

— Merci, c'est gentil!

Annabelle le bouscule et s'élance en direction du module dans l'espoir de remporter la course et de faire ravaler ses répliques de macho au Français, qui n'a toutefois pas dit son dernier mot! Il la pourchasse en lui ordonnant de s'arrêter. Peine perdue. D'un seul bond, l'adolescente grimpe agilement au sommet, sa planche à la main. Elle lui envoie une grimace victorieuse avant de sauter sur son skate et de glisser contre la rampe.

Les autres observent leur petit jeu en laissant libre cour à leur amusement. Il n'est pas rare que la jolie jeune fille à rastas fasse sa loi, et même s'ils commencent à s'y habituer, l'attitude un brin contrôlante de leur amie les fait toujours marrer.

Sentant tous les yeux braqués sur elle, Annabelle décide de leur en mettre plein la vue, à ces voyeurs! Elle se met en tête de réussir un double *kickflip*, à froid, sans même attendre d'être le moindrement réchauffée. Mais, comme il fallait s'y attendre, elle tombe.

Plutôt que de se relever aussi vite avec le très mince espoir que cette chute embarrassante ait échappé à l'attention des garçons, elle choisit d'accueillir leurs moqueries avec le sourire. Après tout, elle s'est arrangée pour qu'ils la regardent, alors il ne faudrait pas s'offusquer s'ils ont fait ce qu'elle voulait.

— T'es en feu, Bébelle! T'auras peut-être pas besoin de notre aide, finalement…, fait Ludo, narquois.

— Ah! Tu pourrais être plus utile que tu le penses…, renchérit Annabelle sur le même ton.

— Ah ouin? Comment?

— Ben… en nous disant quel type de modules il va y avoir durant l'épreuve *X-treme* — *Skateboard*, genre!

— J'ai pas le droit de faire ça. Ce serait pas juste pour les autres!

— S'il te plaît! Juste un indice…

— Non. Vous allez tous le savoir en même temps.

— T'es ben plate ! Tu nous fais pas confiance ?

— Non, c'est toi qui es trop mémère !

Annabelle sait bien qu'il a raison d'agir ainsi, pour le bien de sa compétition, mais elle ne peut s'empêcher de bouder, pour la forme. Dire qu'elle croyait être son amie ! Pfft ! Bon, il est vrai que, s'il commence à distiller certaines informations privilégiées dans son entourage, les gens vont forcément commencer à jaser, ce qui risque fort de faire des jaloux et peut-être même de la bisbille au sein des deux écoles participant à l'événement…

N'empêche qu'il aurait été bien pratique de savoir sur quel type de module concentrer ses efforts. Annabelle est sur le point de lancer une dernière boutade, mais Ludovic est sauvé par la sonnerie, la même que précédemment.

L'adolescente plonge la main dans la poche de son pantalon bouffant à la recherche de son téléphone cellulaire, mais ses doigts s'empêtrent dans les replis du tissu. Elle peste une bonne dizaine de secondes contre son vêtement avant de réaliser qu'elle s'est trompée de poche. Plus que deux sonneries avant le déclenchement de sa messagerie. Elle met enfin la main sur le petit appareil.

L'afficheur indique qu'il s'agit d'un numéro privé.

« C'est peut-être ma mère qui m'appelle du travail… ou BD qui s'emmerde dans la salle d'attente du faux-père ? » Il n'y a qu'une façon de le savoir, et c'est de répondre à l'appel ! Les sourcils froncés, elle appuie sur la touche marquée d'un minuscule téléphone vert et s'annonce prudemment :

— Allô ? (…) Oui, c'est moi. (…) Hé, salut, Marie ! Ça va ?

Surprise de recevoir un coup de fil de la mère de Léa, Annabelle fait signe aux garçons de baisser le ton, ce qui pique instantanément leur curiosité. Ils arrêtent tous de skater et se rapprochent de leur amie pour épier sa conversation, alertés par l'inquiétude qui se lit dans son regard.

— Oui, je savais qu'elle sort avec Tommy Bélanger, avoue-t-elle d'une voix blanche. Pourquoi ?

Un silence s'installe sur la ligne.

— MARIE ? Réponds-moi ! Il faut que je sache ce qui s'est passé… Est-ce qu'il est arrivé quelque chose à Léa ?

La jeune skateuse réalise qu'elle a littéralement beuglé cette dernière question, et regrette aussitôt l'agressivité de son intonation. La mère de son amie est déjà suffisamment bouleversée, et avec raison…

— QUOI? Comment ça, DISPARUE? Depuis quand?

Les genoux d'Annabelle flanchent d'un seul coup. Elle se retrouve par terre, recroquevillée sur elle-même à fixer le sol sans même le voir, prise de vertiges comme si l'asphalte menaçait de se dérober sous ses pieds à tout moment.

Une image surgit dans son esprit. Une jeune fille adossée contre un abri d'autobus, un genou relevé, l'air fatigué.

— OK, Marie, écoute-moi… MARIE, ÉCOUTE! Je pense que je l'ai vue…

Annabelle ferme les yeux. De grosses larmes roulent sur ses joues, mais elle ravale ses sanglots pour articuler d'un souffle :

— À Montréal, près du Taz.

DEUXIÈME PARTIE

PRINTEMPS

11

Loïc et Samuel longent le couloir principal en direction des rangées de casiers réservés aux élèves de premier cycle. Ils avancent sans parler, tous les deux profondément absorbés dans leurs pensées.

BD est encore sous le choc de ce que Sam lui a confié à propos de l'amie d'enfance d'Annabelle : évanouie dans la nature, comme ces pauvres filles dont on entend parfois parler au bulletin de nouvelles...

Bien qu'il ne la connaisse pas, Loïc espère que l'adolescente est saine et sauve, où qu'elle soit. Il sait d'expérience combien il est difficile et douloureux de faire le deuil d'un parent, alors il préfère ne pas imaginer ce que ressentiraient la mère et le père de Léa s'ils perdaient leur fille à tout jamais.

De son côté, le frisé nourrit des pensées bien moins sombres que celles de son meilleur ami. S'il a épuisé ses arguments afin d'obtenir en primeur les aveux de BD quant au mystérieux article de journal découvert par Xavier, il ne cesse de se creuser les méninges pour deviner par lui-même de quoi il retourne. Sam présume qu'il s'agit tout bonnement d'un entrefilet annonçant la prochaine épreuve de la compétition « Planches d'enfer ».

Mais alors, pourquoi faire autant de mystères ? En vérité, le frisé n'en a pas la moindre idée.

Dès qu'ils tournent le coin, les deux garçons distinguent instantanément Annabelle et Xavier parmi la cohue d'élèves fourmillant dans les allées. Il serait difficile d'ignorer cet étrange duo pour le moins coloré ; le Roux porte un chandail à larges rayures noires et jaunes qui lui donne l'air d'un bourdon hyperactif, et la belle, à ses côtés, ne passe franchement pas inaperçue dans la chemise à carreaux et le pantalon bleu électrique qu'elle a revêtus.

Postés devant la case de Loïc, ils discutent en gesticulant de façon exagérée, ce qui n'est guère surprenant de la part du rouquin, mais laisse néanmoins présager le pire quant à l'humeur d'Annabelle.

Tandis qu'il joue des coudes pour les rejoindre, Sam doit reconnaître qu'elle est époustouflante, en tout temps. Il a l'impression que le monde pourrait cesser de tourner, et même s'écrouler, qu'elle serait toujours aussi belle à croquer. En fait, le chagrin qui voile son regard la rend presque vulnérable, fragile. Samuel ne croit pas l'avoir déjà vue dans un tel état. Malgré la gravité de la situation, il ne peut s'empêcher de la trouver irrésistible.

« Cassandre. Cassandre. Cassandre. Cassandre... », tente-t-il de se convaincre pour faire diversion dans son esprit, mais... Voilà deux semaines que la jolie brunette lui a donné son numéro, et il n'a toujours pas daigné lui donner signe de vie, alors il faut croire que le cœur n'y est pas.

Il essaie tout de même une dernière fois (image mentale à l'appui) : « Cassandre. Cassandre. Cassandre. Cassandre... » Non, rien à faire. Annabelle est la seule qui peut lui plaire, et c'est justement parce qu'elle est moins féminine, mais tout aussi belle (sinon plus !) que n'importe quelle autre fille sur terre.

Loïc n'est pas surpris que ces deux-là les attendent déjà de pied ferme devant sa case. Quand ils se sont tous retrouvés sur MSN dans la soirée, le Roux n'a pas voulu leur divulguer d'indices quant à sa curieuse découverte, se contentant de convier le reste du groupe au point de rencontre donné, et ce, dès leur arrivée à l'école, piquant ainsi résolument la curiosité de Samuel et de Fabrice.

Voilà pourquoi BD trouve étonnant que ce dernier ne soit pas là... La curiosité insatiable de Fabrice demeure pourtant son défaut le plus flagrant ! L'absence de Mathis, en revanche, s'explique facilement par sa propension à accumuler les retards injustifiés. Il est souriant, chaleureux, sensible et intelligent, mais la ponctualité ne figurera sans doute jamais dans la liste de ses qualités. Et puis, de toute façon, ponctuel ou non, Mathis n'a pas reçu l'invitation pour la simple et bonne raison qu'il n'a pas Internet à la maison.

M'enfin. Ce que Loïc ignore, c'est que l'absence de leur ami a été volontairement planifiée par le rouquin…

Dès qu'elle aperçoit ses deux coéquipiers, Annabelle entraîne Xavier à leur rencontre en tirant sur la manche de son chandail d'inspiration bourdon. Elle est manifestement soulagée de voir Samuel et Loïc, puisqu'elle se niche spontanément au creux de leurs bras pour y chercher un peu de réconfort. Pris au dépourvu, les deux garçons répondent gauchement à son étreinte en échangeant un regard embarrassé, à son insu. Samuel voudrait savourer ce miraculeux contact, mais il semblerait qu'encore une fois le moment soit plutôt mal choisi.

Argh! Pourquoi sa mère l'a-t-elle si bien éduqué, aussi?

— Ça me fait du bien de vous voir, les gars…

— Nous aussi, reconnaît Sam en lui passant une main dans le dos, mais du bout des doigts, incertain quant à la marche à suivre pour consoler une fille.

— Comment tu te sens ? lui demande Loïc, prudemment.

— Mal, reconnaît Annabelle. Je regrette de pas avoir suivi les conseils de Mat et d'Ophélie. Si j'en avais parlé à ma mère ou à celle de Léa avant, les choses se seraient peut-être passées différemment…

— Peut-être. Ou peut-être pas…, laisse planer Loïc pour apaiser la culpabilité de son amie.

Le résultat n'est toutefois pas très concluant, puisqu'elle lui renvoie un regard mouillé avant de baisser la tête vers le sol avec pudeur.

— Je pense tout le temps à elle ! Je me demande où elle est, si elle va bien, si elle est en sécurité…, avoue Annabelle d'une voix blanche, en continuant de fixer la même moucheture beige parmi la bouillie brunâtre qui constitue le revêtement du plancher.

— Ouin…, font les garçons.

Que répondre d'autre à cela ?

— Je comprends pas ce qui lui a pris de partir comme ça, sans rien dire.

— Elle a pas laissé de lettre, rien ? s'étonne Sam.

— Oui, juste un petit message pour dire qu'il faut pas s'inquiéter pour elle, qu'elle va sûrement donner des nouvelles à Zoé, une fois de temps en temps.

— C'est qui, Zoé ?

— Notre amie… celle chez qui elle devait aller dormir, le soir de sa disparition.

— Est-ce qu'ils savent pourquoi elle est partie? s'enquiert Loïc.

— Ses parents venaient juste d'apprendre qu'elle sort avec un loser de dix-sept ans. Ils lui ont interdit de le revoir, ça fait qu'elle a pris ses affaires, pis elle est partie avec lui. En tout cas, c'est ce qu'on pense. Thomas, le grand frère de Léa, s'est informé, et il paraît qu'il a quitté la ville, lui aussi…

— L'histoire classique, quoi! Comme dans un épisode de *Degrassi*.

Tout le monde se retourne en sursaut vers Fabrice, surgi derrière eux comme par magie. Devant la mine froissée d'Annabelle, le garçon se croit obligé de se justifier:

— Oh… je viens vraiment de dire ça à voix haute? Désolé, les mecs, ça m'a échappé. Je croyais l'avoir seulement pensé.

— T'es vraiment pas drôle, Fab! lui reproche Sam, à la défense d'Annabelle.

— Hé, mais j'essayais pas d'être marrant. C'était juste une… constatation!

— Ben, à l'avenir, garde-les pour toi, tes petites constatations à la con!

— Hou là! Ludo avait raison: depuis que Monsieur est devenu une vedette du Net, il n'y a que lui qui peut faire le clown, pas vrai?

— Hein ! Pas pantoute ! C'est juste que…
ben… il y a un moment pour chaque chose !

— Bon. Si c'est comme ça…

Fabrice tourne les talons et s'apprête à repartir comme il est arrivé, c'est-à-dire à la façon des
magiciens : dans un nuage de fumée. Cependant,
Xavier lui agrippe aussitôt le bras pour freiner
son élan.

— Hé ! Pis mon scoop à moi, tout le monde
s'en fout ? Je suis invisible ou quoi ? s'indigne le
rouquin à lunettes, en manque d'attention.

— Ah ! Désolé, le Roux, on t'avait pas vu ! Ça
doit être à cause du chandail…, ironise Sam.

— Gnan-gnan ! Très drôle, riposte le Roux en
croisant malgré tout les bras sur son torse pour
cacher la « p'tite laine » tricotée par sa grand-
maman Madeleine.

— On serait pas mieux d'attendre Mat pour
ça ? demande Annabelle, d'une toute petite voix.

— Non. Je me suis arrangé pour qu'il soit pas
là, justement…

— Euh…

— Vous allez comprendre en voyant ce que
j'ai à vous montrer.

— Ben, accouche qu'on baptise ! l'encourage
Samuel, armé de sa délicatesse habituelle.

— Ouais. Les cours vont bientôt commencer,
et puis BD et moi, on a anglais au deuxième étage,
alors on n'a pas intérêt à traîner ! renchérit Fabrice.

Xavier passe la main dans ses cheveux couleur feu. Il mordille l'intérieur de sa joue, hésitant, avant de se résoudre à retirer les bretelles de son sac à dos et à poser ce dernier sur le sol, devant lui. Il s'accroupit pour l'ouvrir et en extraire une enveloppe de papier kraft avec une extrême précaution, comme s'il s'agissait d'une carte aux trésors ultrasecrète ou d'un précieux parchemin datant de la première dynastie des pharaons d'Égypte.

Cette enveloppe n'a pourtant rien d'exceptionnel, à première vue, ce qui incite ses amis à s'interroger sur son contenu.

D'une voix plus basse que d'habitude, presque gutturale, Xavier les met alors en garde :

— OK, je vous le montre, mais il faut pas sauter trop vite aux conclusions avant d'avoir parlé au principal concerné… ou je devrais dire : au principal suspect…

— Ha ! Ha ! Merci du tuyau, inspecteur Columbo ! le nargue Fabrice, hilare devant l'expression hyper-sérieuse, quasi théâtrale de son camarade.

Sam et BD échangent une œillade complice, comme pour dire : « Tu peux ben parler, Fab, c'est toi le plus pompeux des deux ! »

Pour se donner une certaine contenance, Xavier lève le nez bien haut dans les airs comme il a vu si souvent son pote français le faire, puis déclare d'une voix aussi tranchante qu'un couperet :

— Lisez ça, pis on s'en reparle après.

Le rouquin distribue une photocopie à chacun de ses amis en gardant, évidemment, l'original pour lui. Au fur et à mesure que les garçons (et la fille !) parcourent l'article, leurs yeux s'agrandissent sous le coup de la surprise. Moins d'une minute plus tard, Xavier peut lire l'hébétude la plus totale dans leurs regards. C'est Annabelle qui réagit la première :

— Est-ce que vous pensez comme moi ?

Les quatre garçons hochent la tête, partagés entre la stupeur, l'indignation et la fierté.

— Oui, mais… c'est pas le genre de Mat et d'Ophélie de faire ça !

— Je serais pas prêt à dire ça, moi, répond Sam en faisant allusion aux convictions de plus en plus radicales de leur camarade.

— Dimanche passé, on était au Taz. Mat nous a dit qu'il pouvait pas nous accompagner parce qu'il devait aider Rodrigue sur le terrain, leur rappelle Xavier.

— Ça veut dire qu'ils avaient prévu le coup ! réalise Annabelle, comme illuminée d'une soudaine révélation.

— Ouais, c'était prémédité ! confirme Xavier en employant les mots qu'aurait certainement utilisés Columbo, son célèbre *alter ego*.

Mais Annabelle n'écoute déjà plus. Elle serait prête à mettre sa main au four (la chaleur étant plus supportable que celle des feux de camp ou de foyer) qu'elle vient tout juste d'apercevoir Mathis et Ophélie se tenant par la main, au détour du couloir. Pourtant, lorsqu'ils réapparaissent derrière eux, le tandem s'est bel et bien dessoudé. Avant qu'ils ne surprennent leur conversation, l'adolescente improvise une diversion :

— Pis ? Comment s'est passé votre rendez-vous avec Haleine, hier ?

— Hein ? C'est quoi, le rapport avec Ma…

— Comment s'est passé votre rendez-vous avec Haleine ? insiste Annabelle en leur faisant les gros yeux pour qu'ils comprennent la raison de ce brusque changement de cap.

Du coin de l'œil, Xavier voit alors les deux nouveaux arrivants et se met à bredouiller :

— Moi, je… je vais être obligé de me faire poser des… euh… broches d'ici la fin de l'année…

— Pis moi, je vais devoir porter un genre d'appareil pour redresser mes deux dents d'en avant, ajoute Loïc, d'un naturel désarmant.

— Tes palettes ? demande Sam, faussement intéressé.

— Ouais, mes incisives, qu'ils disent.

— Eh ben ! Vous allez être beaux, les gars ! conclut Annabelle avant de feindre l'étonnement : Hé ! Salut, vous deux ! On vous avait pas vus.

— Salut, salut, lui répond Mathis avec son flegme imperturbable.

Sur un ton empreint de compassion, Ophélie confie à son amie :

— Mat m'a dit, pour Léa… Je veux que tu saches qu'on… que je suis là pour toi.

— Merci. C'est gentil.

— S'il y a quoi que ce soit que je puisse faire…

— Ben… à vrai dire, il y a peut-être une chose, oui.

Annabelle fait une pause pour se racler la gorge avant d'annoncer d'une voix qui se veut assurée :

— La police de Montréal organise des recherches pour la retrouver. Ma mère et moi, on va les aider en fin de semaine prochaine. Si ça vous tente de vous joindre à nous… Plus on est nombreux, mieux c'est…

— Ça va me faire plaisir de vous accompagner, approuvent Mathis et Ophélie en chœur avant de se dévisager, gênés de s'être exprimés en même temps.

— Moi aussi, s'empresse de confirmer Sam, bientôt suivi de Loïc et de Fabrice.

Seul Xavier semble réticent à lui donner sa parole, non pas parce que l'idée de participer à une opération policière ne lui plaît pas, bien au contraire ! Disons simplement que le rouquin ne peut plus se permettre de remettre toujours ses entraînements au lendemain. Pour devenir un champion, il faut être prêt à faire certaines concessions, quitte à devoir parfois dire non.

Alors, ça y est, son choix est fait. Rien ne pourra l'en détourner.

Tandis que la première cloche de la journée retentit, les deux filles et les cinq garçons sont contraints de se diviser pour aller prendre leurs manuels dans leurs casiers respectifs.

Et c'est ainsi que, dans le feu de l'action, Annabelle, Xavier, Loïc, Samuel et Fabrice en oublient totalement d'interroger les deux seuls présumés terroristes écologiques de la région.

12

Comme prévu, le Service de police de la Ville de Montréal[18] a organisé une battue dans les rues de la métropole, et particulièrement dans la zone résidentielle où Léa a été aperçue. En ce samedi du mois d'avril, les recherches se limiteront à la partie nord de l'île, c'est-à-dire aux arrondissements de Montréal-Nord, de Saint-Michel-Parc-Extension et d'Ahuntsic-Cartierville. Des quartiers relativement défavorisés, selon l'avis des autorités, ce qui n'est rien pour rassurer les proches de la jeune disparue…

Et s'ils ne la retrouvaient pas ? Et s'ils la retrouvaient dans un taudis, dans un sale état ? Annabelle angoisse déjà. Cette situation lui semble tellement surréelle qu'elle peine à croire que ça lui arrive à elle, qui n'avait jamais connu pire drame que son déménagement et la séparation de ses parents.

« Ma meilleure amie a disparu. Ils ont parlé d'elle aux nouvelles. La seule chose qu'on sait, c'est qu'elle est partie avec un crétin fini, pis

---

18 Ou SPVM, pour les gens pressés…

163

qu'elle POURRAIT être cachée dans la plus grosse ville de la province… Ouais, aussi bien chercher une aiguille dans une botte de foin !» pense-t-elle sans réaliser qu'elle n'aurait pu trouver meilleure image que l'aiguille pour représenter la nouvelle Léa à la taille bien trop fine et au regard perçant, si affûté.

— Restez groupés par équipes selon les secteurs qui vous ont été attribués et gardez toujours le walkie-talkie à portée de main, au cas où on aurait besoin de vous joindre, leur a dicté le responsable des opérations en précisant que «prudence» et «patience» seront les deux mots d'ordre de la journée.

Ophélie et les garçons ont tenu leur promesse en acceptant de prendre part aux recherches. Seul Xavier a dû se résoudre à les laisser tomber en se cantonnant dans son idée initiale, ne voulant pas perdre de vue ses priorités. Le Roux est bien résolu à mettre toutes ses énergies dans son entraînement en vue de la compétition, et Annabelle le comprend parfaitement. Même qu'elle se surprend à le jalouser, parfois.

Elle-même devrait, en principe, consacrer tous ses moments de loisir à son objectif: devenir une skateuse redoutable. Mais elle passe le plus clair de son temps à se faire du mauvais sang pour Léa. Il lui arrive même de plus en plus souvent de bouder sa planche, celle-ci lui rappelant cruellement cette époque mémorable où Thomas avait décidé de les initier toutes les deux à ce sport formidable.

Il faut dire qu'il pleut presque tous les jours depuis deux semaines — depuis la disparition de Léa, en fait —, ce qui n'est rien pour la motiver à se surpasser ni pour l'aider à se changer les idées. Sa mère lui a bien donné la permission de s'exercer au sous-sol de leur maison (tant et aussi longtemps qu'elle ne brise rien et que son skate ne laisse pas trop de traces sur le plancher), mais cette faveur n'a malheureusement pas suffi à lui redonner le moral…

Ironiquement, c'est un soleil éblouissant qui les accueille aujourd'hui à Montréal, comme si l'astre solaire cherchait à se moquer d'eux… À moins qu'il ne s'agisse d'un signe du destin pour leur confirmer qu'ils reverront tous Léa d'ici peu ?

Et si… Et si…

Le moins qu'on puisse dire, c'est que cette expédition s'avère aussi éprouvante sur le plan physique que psychologique.

Voilà maintenant près de trois heures que Loïc, Annabelle et Alain sillonnent les rues de Saint-Michel, inlassablement. Au sein de leur équipe de recherche, il a été convenu que la jeune fille se chargerait de montrer la photo de Léa à chaque passant qu'ils croiseraient pendant que les deux autres garderaient les yeux bien ouverts tout en inspectant les ruelles et les moindres recoins.

Depuis trois heures, toujours rien. Aucun indice, aucune piste. Ils commencent sincèrement à douter que Léa soit passée par ici, mais il est encore trop tôt pour sauter aux conclusions...

L'adolescente aperçoit une femme d'origine asiatique qui marche dans leur direction en claudiquant légèrement, les bras encombrés de sacs d'épicerie. Celle-ci pourrait tout aussi bien être âgée de quarante ans que de quatre-vingts ; rien dans la physionomie de cette dame chétive au visage lisse, sans malice et sans âge, ne laisse deviner le passage du temps, sinon sa démarche lasse, fatiguée.

Annabelle l'interpelle sans tarder :

— Madame !

La femme relève les yeux, mais détourne aussitôt le regard.

— Oui, vous. Attendez !

Annabelle se précipite vers elle, photo en main.

— Est-ce que vous avez déjà vu cette fille-là quelque part ? Est-ce que son visage vous dit quelque chose ?

La dame d'un certain âge (ou plutôt d'un âge incertain) secoue la tête de gauche à droite en signe de négation ; Annabelle est pourtant certaine qu'elle n'a même pas prêté attention au portrait.

— Regardez bien. Vous êtes sûre ?

La femme s'esquive, voulant reprendre son chemin, mais l'adolescente la retient.

— Écoutez, mon amie a disparu… Je veux juste savoir si vous l'avez vue ! Vous pourriez peut-être faire un petit effort, non ?

Cette fois, elle a dépassé les bornes, à en juger par les sourcils sévèrement froncés de son interlocutrice. La femme se dégage brusquement de l'emprise de la jeune fille pour s'éloigner en boitant vigoureusement, sans se retourner une seule fois.

En la regardant partir, Annabelle pousse un douloureux soupir de rage mêlé de désespoir. Elle sent alors une main se poser sur son épaule en guise de réconfort. Alain ne cherche qu'à apaiser sa colère… Or, ce geste produit plutôt l'effet contraire. Sa belle-fille se crispe instantanément à son contact, si bien qu'il a aussitôt le réflexe de retirer sa main, ce qui ne l'empêche toutefois pas de tenter de la raisonner :

— Tu sais, peut-être qu'elle parlait pas français…

— Je m'en fous ! Je voulais juste qu'elle regarde la photo. C'est pas dur à comprendre, me semble !

— Je pense que tu commences à être fatiguée, ma belle… On pourrait échanger les rôles, un peu.

Sa belle-fille fait non de la tête, catégorique.

— Dans ce cas, on devrait peut-être faire une pause, lui suggère-t-il avant de se retourner vers Loïc pour le consulter du regard.

Le garçon n'a même pas le temps d'ouvrir la bouche qu'Annabelle proteste déjà :

— NON ! Il est pas question qu'on s'arrête ! Il faut qu'on la retrouve. Je peux pas la laisser tomber...

Elle vient pour ajouter autre chose, mais les mots restent coincés dans sa gorge. Elle fond en larmes, comme ça, sans prévenir. Ses épaules voûtées sont alors soulevées par une série de soubresauts, si bien qu'on la croirait prise d'un fou rire à l'apercevoir ainsi, de dos.

Mais Loïc n'est ni insensible ni idiot ; il sait tout de même reconnaître des pleurs lorsqu'il en entend, et il ne fait aucun doute que sa belle amie est au bout du rouleau... Une vague de tendresse indicible le prend aux tripes tandis qu'il l'épie furtivement, impuissant.

Annabelle est mortifiée de se donner ainsi en spectacle devant lui, mais elle ne parvient plus à endiguer le flot de ses émotions. Le barrage a cédé et rien ne saura l'arrêter, sauf, peut-être, la caresse de BD...

Quand celui-ci avance doucement vers elle pour la prendre dans ses bras, elle n'esquisse aucun geste pour l'en empêcher, se contentant d'aller se lover contre le torse de l'adolescent sans se soucier du regard de son beau-père.

Alain détourne la tête avec pudeur en portant son attention sur la vitrine du petit dépanneur de quartier devant lequel ils se sont arrêtés, sans savoir qu'au même instant un passant s'apprête à dévier de sa trajectoire pour passer inaperçu.

Tommy Bélanger traverse la rue et disparaît au détour d'un carrefour. Ni vu ni connu…

Dans un tout autre secteur de la ville, quelque part entre les arrondissements d'Ahuntsic-Cartierville et de Montréal-Nord, Samuel et Mathis traînent les pieds, épuisés. Ils sillonnent le quartier en compagnie de Jeanne, la mère d'Annabelle, une femme très élégante, mais tout aussi étourdissante!

Ils peinent à la suivre, tellement on croirait la voir flotter au-dessus des trottoirs. Elle brandit le portrait de Léa et butine d'un passant à l'autre, l'air sévère, telle une reine régnant sur ses abeilles ouvrières. Les garçons ne sauraient dire si la vitesse de croisière éreintante qu'elle leur impose depuis leur départ est due à l'urgence de la situation, mais une chose est certaine: ils n'étaient absolument pas préparés à courir le marathon.

Tandis que la mère d'Annabelle s'entretient avec une jeune famille, Sam se décide enfin à poser à son ami la question qui le tarabuste depuis quelques jours :

— Qu'est-ce qui vous a pris, à toi pis à Ophélie ?

— De quoi tu parles ?

— Ben… du vandalisme à l'épicerie !

Mathis met un certain temps à répondre, voulant s'assurer que Jeanne est à la bonne distance pour ne pas entendre cette conversation qui pourrait sembler déplacée en pareilles circonstances.

— C'était mon idée. Je voulais l'impressionner, reconnaît-il enfin, à demi-voix.

— OK, mais… pourquoi ?

— T'as pas encore compris, on dirait…

— Compris quoi ? s'énerve Sam, ce qui a pour conséquence d'alerter Jeanne.

— …

La mère de leur amie se retourne pour les questionner du regard, interrompant momentanément son interrogatoire auprès d'un joggeur. Ils improvisent un sourire qui se veut rassurant et laissent retomber la tension avant de reprendre leur conversation :

— COMPRIS QUOI ? insiste Samuel devant le mutisme de son ami.

— Ah ! Il faut vraiment tout t'expliquer…

C'est alors que Samuel est frappé d'un éclair de lucidité.

— NON!!! TU L'AIMES?

— …

— Ophélie! Celle qui tripe sur les nuages pis la poésie… La fille la plus *space* que j'aie rencontrée de toute ma vie!

— C'est ça, oui.

— Euh…

Sam est tellement sous le choc qu'il ne trouve rien de plus intelligent à ajouter. Comment a-t-il pu être aussi aveugle? Le projet Expo-sciences, la fibre écolo, le vandalisme, les alibis… Le pire, c'est que le frisé n'avait jamais noté à quel point Mathis et Ophélie sont bien assortis. Il ne comprend vraiment pas pourquoi ça lui a échappé.

— Est-ce qu'elle le sait, au moins?

— Ouais.

— Pis qu'est-ce qu'elle t'a dit quand elle l'a appris?

— Elle a dit: «Moi aussi!»

— Mais là… qu'est-ce que vous attendez pour sortir ensemble?

— …

Mathis continue de traîner les pieds sans toutefois oser regarder son ami. Plus le frisé insiste, plus ses remords refont surface… Même si Mathis n'a jamais parlé d'elle à ses amis, il lui arrive encore de penser à Flora, la jolie

Dominicaine dont il s'est entiché l'été passé, durant le voyage familial dans son pays natal. S'ils correspondent toujours, les lettres se sont considérablement espacées au fil des mois, la distance ayant, peu à peu, eu raison de leur amour, et même de leur amitié.

— QUOI! Vous sortez déjà ensemble, pis vous nous l'avez même pas dit!

— T'as tout compris, admet-il, toujours sur le ton de la confidence.

— Pourquoi vous nous avez caché ça?

— C'est Ophélie qui voulait pas qu'on en parle tout de suite… Elle trouve que, depuis qu'on a commencé à se tenir avec elle, Annabelle est assez possessive avec nous, ça fait qu'elle voulait pas… faire de chicane, mettons.

— Possessive? Moi, je trouve pas! s'exclame Sam, malgré lui, en songeant qu'il serait le premier à s'en réjouir, si tel était le cas.

— De toute façon, Annabelle a déjà pas mal de préoccupations comme ça pour le moment. On s'est donné un mois pour vous l'annoncer, Ophélie et moi. Jusqu'à l'épreuve *X-treme* — *Skateboard*, en fait.

— C'est la semaine prochaine. Ça veut dire que ça fait presque un mois que vous sortez ensemble, en secret?

— C'est à peu près ça, ouais.

— J'en reviens pas!

— Je comprends pas pourquoi ça te surprend tant que ça.

— Ben… je pensais que t'étais comme les plantes qu'on a étudiées en bio, l'an passé.

— Hein ? Quelles plantes ?

— T'sais, celles qui sont asexuées…

Mathis secoue la tête, découragé.

— T'es cave !

— Merci !

— Sam ?

— Quoi ?

— Je sais que c'est beaucoup te demander, de cacher quelque chose à BD, mais j'aimerais ça, que tu restes discret sur ma relation avec Ophélie, pour le moment. Je pense que ce serait mieux que les autres l'apprennent par nous que par toi, tu comprends ?

— Ouais, t'as raison.

— Toi, t'es un ami, Sam. Je savais que je pouvais compter sur toi.

Ces mots, à la fois si simples et si sincères, atteignent Sam droit au cœur. Bien des gens ignorent que sous son masque de clown se cache un grand sensible. Il suffit de le flatter dans le sens du poil pour qu'il ressente l'irrépressible besoin de se mettre à nu… au sens figuré, bien entendu !

Ainsi, tant qu'à jouer le jeu des confessions, le frisé décide d'avouer à son camarade les sentiments qu'il éprouve pour Annabelle.

— Mat, je voulais te dire…

Mais il s'interrompt en voyant la mère de son amie saisir un vieillard par les épaules en haussant le ton pour demander :

— Êtes-vous sûr de l'avoir déjà vue, monsieur ? MONSIEUR ?

— Je… Oui, oui… je la connais.

— Est-ce que vous savez où je pourrais la trouver ?

— Bien sûr. Elle est chez mon fils, Patrice. C'est ma petite Béatrice.

C'est alors qu'ils réalisent tous trois qu'il ne s'agissait que d'une fausse alerte. Une autre mauvaise piste.

13

« De la pluie dans les prochains jours, il va en tomber, et pas mal ! Quarante à soixante milli- mètres de pluie, c'est ce qu'on prévoit jusqu'à dimanche matin… On pourrait recevoir une bonne accumulation dans plusieurs secteurs, notamment dans la grande région de Montréal, dans les Laurentides et dans Lanaudière. Tout ça est causé par une dépression… euh… oui, c'est bien ça, un système dépressionnaire qui va sta- gner quelques jours avant de se déplacer vers l'est, en direction des Provinces maritimes, pour la journée de lundi ou de mardi. Il pourrait y avoir quelques éclaircies, par-ci par-là, durant la fin de semaine, mais n'y comptez pas trop… Si vous aviez prévu des activités en plein air, je vous conseillerais de remettre ça et d'aller plutôt au cinéma ! Ha ! Ha ! »

Loïc lance un regard assassin (mais totalement vain) au monsieur Météo qui se bidonne devant l'espèce de carte du Québec version disco, avec ses nuages vert fluo qui tourbillonnent ridiculement à l'écran. L'invasion des extraterrestres nous guette, à en croire les images satellites présentées au téléjournal de vingt-deux heures!

Mais, contrairement à ce qu'on pourrait penser, ce n'est pas ce qui inquiète BD.

Un simple coup d'œil par la fenêtre du salon lui confirme ce que ses oreilles savaient déjà, se fiant aux percussions régulières des gouttelettes venant s'échouer à grande vitesse contre les vitres et les bardeaux...

Dehors, c'est le déluge! Un vrai fiasco. L'épreuve *X-treme — Skateboard* est prévue pour demain, mais BD craint qu'il sera impossible pour les participants de skater avec toute cette accumulation d'eau!

Ludovic avait convenu qu'en cas d'averse, l'événement serait reporté au jour suivant, soit au dimanche. Et voilà que cet oiseau de malheur leur prédit quarante-huit heures de douche froide. Des nouvelles comme ça, non merci!

Non seulement la pluie endommagerait sérieusement les planches des participants, mais elle rendrait la glisse d'autant plus périlleuse (voire kamikaze) en réduisant considérablement l'adhérence des roues sur l'asphalte, sans parler des modules de métal qui deviendraient impraticables, à moins d'espérer un aller simple à l'hôpital... Bref, ils sont «vachement largués», comme dirait Fabrice-eu!

« "Si vous aviez prévu des activités en plein air, je vous conseillerais de remettre ça, et d'aller plutôt au cinéma!" Pfft! Avec tes blagues à deux cennes, tu peux ben parler de système dépressionnaire... C'est pas toi qui vas être pogné pour remonter le moral à mes amis pis à mon frère!» pense-t-il en étudiant la réaction de son aîné.

Comme de fait, Ludovic a une mine aussi inquiète qu'inquiétante. Il se prend la tête à deux mains en serrant les poings comme s'il voulait s'arracher les cheveux, touffe par touffe. Sadique ET désespéré. Mais, bon... Il est évident que ce mauvais karma climatique joue sur ses émotions! Voir d'aussi beaux projets tomber à l'eau après y avoir consacré autant de temps pousserait n'importe qui au bord de la dépression... non?

Vaguement embarrassé d'assister aux épanchements inhabituels de son frère, Loïc se sent obligé de démentir aussitôt ces satanées prévisions météo:

— T'sais, peut-être qu'il se trompe... Les météorologues se trompent toujours!

— Ouin, c'est ça, grommelle Ludovic en affichant une moue sceptique.

— Au pire, est-ce qu'il y aurait moyen de remettre la compétition à la fin de semaine prochaine?

— Non. Il y a déjà le lavothon pis le souper spaghetti pour financer le voyage en Italie des secondaires cinq. Ils nous laisseront jamais la place… Merde!

— Dans ce cas-là… euh… tu pourrais peut-être appeler les commanditaires? Ils organisent souvent des événements du genre, ils doivent avoir une solution?

— C'est possible. Mais c'est pas à eux de me démerder… C'est MA compé!

— Ouin…

— *Fuck!* C'est ben compliqué, organiser un événement. Avoir su, je me serais tapé un travail de recherche ben facile au lieu de me casser la tête comme ça!

— Quoi? T'es sérieux, là? s'exclame BD, profondément choqué par les propos de son aîné.

— Ben… oui. Désolé si ça te déçoit, mais c'est ça que je pense pareil, rétorque ce dernier d'un ton bourru, avant de se tourner vers la télévision.

En voyant Ludovic feindre un intérêt soudain pour une publicité vantant les mérites d'un déodorant pour femmes prétendument «cent pour cent transparent», Loïc serait tenté de prendre exemple sur le produit présenté à la télé en s'effaçant complètement. Sauf qu'il ne peut se résoudre à abandonner son frère à son triste sort après autant d'efforts…

Il lui vient une idée, mais quelques secondes s'écoulent avant qu'il ne se décide à livrer le fond de sa pensée :

— En tout cas, t'as la mémoire courte, je trouve…

— De quoi tu parles?

— Tu vas voir, esquive-t-il, mystérieux.

Loïc s'extirpe du canapé en bondissant agilement sur ses pieds avant de disparaître dans la cuisine. Ludovic entend son cadet farfouiller dans l'un des tiroirs de l'imposant vaisselier reconverti en buffet fourre-tout. Il en revient, une coupure de journal à la main.

Ludo ne le sait pas encore, mais il s'agit de l'article paru dans *Le Petit Lanaudois* cet hiver, à l'aube de la première épreuve sportive de sa compétition «Planches d'enfer».

BD se charge alors de lui rafraîchir la mémoire en lui relisant certains passages de l'entrevue qu'il avait accordée au journaliste de la presse locale:

«*Dans la région de Lanaudière, ce ne sont pas les montagnes, les parcs et les lacs qui manquent pour s'amuser! J'ai juste décidé de profiter des richesses du coin pour offrir à mes amis le défi de leur vie.*

«***Comment ce projet est-il né?***

«*À l'école secondaire des Cascades, les élèves de deuxième cycle doivent réaliser un projet personnel d'orientation (P.P.O.) en relation avec la profession qu'ils voudraient exercer dans le futur. Mon rêve serait de posséder mon propre magasin* d'équipement pour les planchistes, puis d'organiser des événements, comme David Soulières chez Atlas Proshop. »

Loïc relève les yeux vers son aîné avant de conclure :

« J'ai pensé que, tant qu'à organiser un projet pour l'école, aussi bien trouver une idée qui puisse faire plaisir à tous mes amis et à mon frère ! »

Il fait une pause pour laisser au texte le temps d'exercer son effet sur Ludovic. Déjà, l'expression faciale de celui-ci semble s'être considérablement radoucie. Loïc en profite donc pour le saisir, juste à point :

— Est-ce que tu te souviens, maintenant, pourquoi tu t'es donné autant de trouble pour l'organiser, ta méga-compétition multidisciplinaire ? Est-ce que tu te souviens pourquoi ça valait la peine de le faire ?

— Ouais, reconnaît Ludo, mais ça change rien au fait qu'il va pleuvoir demain !

Fataliste, vous dites ? Son jeune frère le considère un moment sans rien dire, partagé entre l'envie de baisser les bras et celle de les lever bien haut, au contraire, dans l'intention de lui faire une prise de judo mémorable inspirée de la série *Dôjô, le temple des arts martiaux*[19].

---

19 Bande dessinée humoristique scénarisée par Alexandre et André Amouriq, et publiée chez Bamboo.

Loïc décide finalement de laisser ses bras en dehors de tout ça en donnant la parole à plus sage que lui :

— « Difficile à voir… Toujours en mouvement est l'avenir. Le côté obscur de la Force, redouter tu dois », fait-il en imitant la voix chevrotante de Yoda[20] et en plissant les yeux pour les réduire à de minces fentes.

Devant cet éloquent clin d'œil à leur film familial fétiche, Ludo ne peut s'empêcher d'éclater d'un rire franc, tonitruant, qui surprend l'apprenti bouffon. BD ne savait pas son humour si efficace, sinon il l'aurait certainement mis à contribution bien avant… À croire que toutes ces années aux côtés de Sam « Bozo » Blondin auront quelque peu déteint sur sa personnalité.

Il surenchérit, de plus en plus conforté dans son idée :

— Non mais, sans blague ! Ce que Yoda voulait dire par là, je crois, c'est qu'en pensant positif, on peut arriver à tout ! Combien tu gages qu'avec nos forces mentales combinées, on peut faire revenir le beau temps, au moins pour la durée de la compétition ?

— T'es sérieux, là ?

— Ben… pourquoi pas ?…

---

20 Répliques tirées des films *Star Wars*, série culte de George Lucas.

— Euh? Est-ce que tu sais que t'es vraiment bizarre, des fois? Si tu me ressemblais pas autant, je me questionnerais sérieusement sur nos liens de sang!

— Je vais le prendre pour un compliment!

La bouche de Loïc s'étire en un sourire triomphant.

— Ça fait que… combien tu gages qu'il va faire beau demain?

— *Plus vite! Plus vite! Ils nous rattrapent!*

Annabelle grimace en percevant le souffle chaud de sa meilleure amie sur sa nuque.

— *JE PEUX PAS… ROULER… PLUS VITE! T'es trop lourde! proteste-t-elle d'une voix étouffée.*

Pas facile de skater sur une route pareille avec son amie sur le dos. Au sens propre comme au figuré, car elle doit non seulement la porter, mais en plus la supporter! Annabelle peine à respirer, tellement la pression exercée sur son cou est insoutenable. Son amie la serre de plus en plus fort au fur et à mesure qu'elles progressent sur cette étrange route de réglisse noire qu'elles pourraient confondre avec du goudron, si ce n'était de l'arôme d'anis persistant émanant de la chaussée.

Loin devant, un majestueux podium les attend. Derrière elles, d'énormes dinosaures en gélatine font claquer leurs mâchoires en les poursuivant sans relâche, visiblement affamés.

«Hé, mais, c'est moi qui voudrais vous manger!» pense Annabelle, tiraillée entre la peur et la gourmandise. Son amie semble lire dans ses pensées, puisqu'elle lui reproche aussitôt:

— T'es mal placée pour me dire que je suis lourde, ma fille! C'est toi qui arrêtes pas de t'empiffrer... Tu grossis à vue d'œil!

— Hein? C'est pas vrai!

— Oui, regarde-toi.

Annabelle se permet de quitter des yeux la route de réglisse trop lisse, le temps d'examiner ses bras et de constater l'impensable: ses biceps ont littéralement doublé de volume, et c'est sans parler de son ventre, si tendu que le bouton de son pantalon éclate avant de rebondir sur le bitume aromatisé pour rouler pendant un moment, à leurs côtés.

— ATTENTION! hurle Léa d'une voix stridente derrière elle, faisant douloureusement bourdonner ses oreilles.

Mais ce n'est rien comparativement à la douleur cuisante qui lui mord le cou sous l'étreinte resserrée de celle qu'elle tente de sauver. Annabelle suffoque, incapable d'aspirer une seule bouffée d'air. Elle trébuche, entraînant Léa dans sa chute, mais par chance leur choc est absorbé par le corps boursouflé de celle qui s'est empiffrée de friandises empoisonnées. Elles rebondissent sur la réglisse noire et font des tonneaux tandis que la planche à roulettes continue d'avancer seule. Un dinosaure jaune citron les rattrape en faisant toujours claquer ses mâchoires dans un écœurant bruit de succion.

La fin est proche. Ou devrait-on dire la « faim », à en juger par la salive écumant aux commissures de la gueule béante de ce mastodonte préhistorique… Elles sentent son haleine fétide souffler dans leurs cheveux.

Puis, plus rien.

La première chose qu'elle remarque en émergeant de son sommeil agité est la présence de Boots, son chat adoré, sur son oreiller. Les pattes avant du petit félin sont posées sur sa tête, tandis que les pattes arrière sont enroulées autour de son cou, telle une écharpe trop ajustée. Voilà pourquoi Annabelle avait autant de mal à respirer !

Fiou ! Il ne s'agissait que d'un rêve ! Ou d'un cauchemar ? Le simple fait de croire que sa meilleure amie était avec elle, en songe, lui paraît affreusement cruel. Si seulement c'était vrai !

Leurs battues en ville n'ont rien donné jusqu'à présent, sinon raviver les souvenirs confus d'un vieillard atteint d'Alzheimer qui croyait dur comme fer que l'adolescente du portrait était sa petite-fille…

« Je pense que j'avais jamais rêvé à quelque chose d'aussi bizarre de toute ma vie... Ayoye ! Dire que je devais skater pour sauver Léa d'une attaque de jujubes géants, dans un monde entièrement fait de bonbons, pis que je me mettais à enfler chaque fois que j'avais le malheur d'en manger un ! On dirait un croisement entre les univers d'*Alice au pays des merveilles* et de *Jurassic Park*, transformés par la sorcière d'*Hansel et Gretel*... Méga-délire ! Et pourtant, j'ai rien mangé de louche avant d'aller me coucher », songe-t-elle en se redressant contre le cadre de son lit pour forcer le matou à se trouver un meilleur endroit que son cou où se nicher.

Annabelle se frotte les yeux et réalise au même instant la stupidité de son geste, alors que de minuscules poils félins en profitent pour aller se loger entre son globe oculaire et sa paupière. Elle cligne plusieurs fois des yeux pour les déloger, mais... rien à faire ! Les poils fins de Boots sont aussi « colleux » que leur propriétaire. D'ailleurs, le chat est maintenant bien calé sur ses cuisses et ronronne en la couvant d'un regard amoureux, les pupilles si dilatées qu'on distingue à peine ses yeux jaunes dans la pénombre ambiante.

« Il fait ben noir ! » s'étonne-t-elle, oubliant momentanément les aventures rocambolesques imaginées un peu plus tôt par son subconscient.

Sa chambre, qui est normalement baignée de lumière à son réveil, est aujourd'hui si sombre que, durant l'espace d'un instant, elle craint d'avoir dormi jusqu'à sept heures du soir plutôt que du matin! Mais non, le signal lumineux de son réveille-matin indique bien «AM», et puis, de toute façon, avec deux sonneries réglées à plein volume, elle ne risquait vraiment pas de passer tout droit (à moins d'être plongée dans le coma!).

En revanche, le soleil semble s'être donné la permission de faire la grasse matinée… sinon comment expliquer qu'il ne soit pas encore levé? C'est qu'il n'a pas de compétition à remporter aujourd'hui, LUI!

«Oh non! Dis-moi pas qu'il pleut!» s'affole Annabelle en réponse aux alertes de son système nerveux. Elle est sur pied en moins de deux, ce dont elle est la première surprise. Mais il ne s'agit heureusement que d'une fausse alerte.

S'il a cessé de pleuvoir, après le déluge de la nuit passée, la chaussée n'en reste pas moins détrempée.

L'épreuve *X-treme — Skateboard* sera-t-elle reportée à demain ou tout simplement retardée jusqu'à ce que l'asphalte ait eu le temps de sécher? Annabelle décide de téléphoner à l'organisateur de l'événement en se disant que, tant qu'à figurer parmi ses amis, aussi bien en profiter pour se tenir informée.

Elle compose prestement le numéro avec l'assurance de celle qui n'a pas conscience d'appeler à une heure bien trop matinale…

On décroche à la quatrième tonalité, alors qu'elle était sur le point de raccrocher.

— Allô?

— Salut… Ludo?

— Non. C'est Loïc.

— Ah! Salut, BD. C'est Annabelle.

— Oui. Je t'avais reconnue.

Normal : elle est pratiquement la seule fille à appeler chez lui. Cela n'empêche pas l'adolescente de sentir ses joues s'enflammer contre le combiné, mais par chance Loïc ne risque pas de le deviner (à moins d'être doté d'un don de clairvoyance, ce qui ne risque pas d'arriver[21]).

Depuis la journée qu'ils ont passée ensemble à chercher Léa dans les rues de Montréal, Annabelle a l'impression que de nouveaux liens se sont tissés entre eux. Comme si la tension et le stress qu'ils ont partagés avaient, par la force des choses, révélé certains côtés cachés de leur personnalité. Une sorte de vulnérabilité commune, une nouvelle forme d'intimité…

---

21 Hé, ho! Si vous vouliez lire du fantastique ou de la science-fiction, il fallait choisir une autre lecture! Personnellement, j'ai adoré la trilogie *Iris* de Michèle Gavazzi, mais bon, je m'égare…

« Allez, dis quelque chose ! » s'encourage-
t-elle en réalisant qu'il serait grand temps de
réagir.

— Euh… J'espère que je te dérange pas ?

— Non, non.

— Ça va ?

— Pas pire… toi ?

— Bof ! Pas pire aussi… T'as vu le temps qu'il
fait ?

— Hum, hum. Ludo capotait en regardant
la météo, hier soir. Pis ça va pas tellement mieux
ce matin…

— Justement, faudrait que je lui parle au
sujet de la compé. Est-ce qu'il est dans le coin ?

— Non, il est déjà sur le site, mais il vient
juste d'appeler pour me dire qu'en principe, ça
devrait avoir lieu aujourd'hui, comme prévu.

— OK, mais… nos *trucks** vont rouiller !

— Bah… ça devrait avoir eu le temps de sécher d'ici là. Pis, de toute façon, si tu gagnes, tu
vas pouvoir repartir avec une nouvelle palette
flambette…

— J'en veux pas, d'une nouvelle palette. Je
l'aime, mon vieux board* ! Ben… le vieux skate
à Bozo…

« … mais je l'aimerais encore plus s'il venait
de toi… », songe Annabelle avant de ressentir
une pointe de culpabilité à l'égard du frisé qui
lui a si gentiment offert sa planche l'automne

passé alors même qu'elle tentait de la lui voler...

Loïc interrompt le fil de ses pensées en lui lançant sèchement:

— Appelle-le pas comme ça.

— Hein? Qui? fait-elle, légèrement troublée par ce ton qu'elle ne l'avait jamais entendu prendre avec elle auparavant.

— Sam. Appelle-le pas Bozo.

— Ben, là! Tout le monde l'appelle comme ça!

— Je sais, mais il trouve que ça fait drôle quand ça vient de toi.

— C'est parce que je suis une fille, c'est ça? demande-t-elle, susceptible et blessée.

Dire qu'elle croyait que leur pacte anti-filles était chose du passé, voilà qu'elle se sent de nouveau délaissée!

— Non, c'est pas ça..., objecte Loïc, mollement.

— Pourquoi, d'abord?

— Je... je peux pas te le dire.

Un silence inconfortable s'installe. Annabelle s'empresse de mettre un terme à la discussion avant que ce vilain malaise ne prenne trop ses aises:

— Ça fait que... on se voit tantôt?

— Ouais.

— Bon, ben... bye!

Elle vient pour ajouter quelque chose, mais Loïc a déjà raccroché.

Tant pis. Elle ne sait pas ce qui lui prend, aujourd'hui, mais elle a déjà suffisamment de problèmes ces temps-ci pour se laisser abattre par les états d'âme et les petits commentaires désobligeants de son ami. Cette conversation ne lui laisse pas moins un affreux goût amer dans la bouche, comme si BD avait voulu critiquer sa façon de se comporter sans qu'elle sache réellement ce qu'elle doit se reprocher. C'est à n'y rien comprendre !

« Pfft ! Il peut ben penser ce qu'il veut. Moi, j'ai la conscience tranquille… »

Annabelle aurait envie de téléphoner à Léa, juste pour entendre sa voix. Depuis que sa *best* a fugué, elle a bien dû composer son numéro une bonne cinquantaine de fois, mais elle tombe inévitablement sur sa boîte de messagerie vocale, où elle se vide parfois le cœur.

Aujourd'hui non plus, Léa n'y échappera pas.

« Salut, Lala. C'est encore moi… Je me dis qu'à force de te harceler, tu vas ben finir par me répondre ! Ou par me donner signe de vie… Je sais que je te dis à peu près la même chose chaque fois, mais… j'espère que tu vas bien. J'ai fait un rêve vraiment bizarre, cette nuit. T'étais avec moi, pis tu… m'étranglais… Euh… ce serait trop long à te raconter, sauf que l'important, c'est que tu saches que ça m'a fait réfléchir. Aujourd'hui, c'est ma compétition, pis j'ai décidé que je gagnerais pour toi… mais pour ça, il faut que tu me promettes que tu vas me donner des nouvelles. Tout le monde te cherche, Léa. Il faut… il faut que tu reviennes… »

Sa voix se brise. Ce n'est qu'en reposant le combiné qu'elle se souvient que la boîte de Léa était saturée, la semaine passée. Impossible, donc, d'y accéder. Ce matin, pourtant, le message enregistré a défilé comme d'habitude, suivi de sa tonalité. Le cœur de la jeune fille se met à battre la chamade alors qu'elle réalise l'impensable : sa meilleure amie a pris ses appels ! LÉA EST VIVANTE !

À moins que quelqu'un ne les ait pris pour elle ?

Non. Annabelle veut croire qu'il y a encore de l'espoir.

Maintenant, ne reste plus qu'à profiter des dernières heures précédant la compétition pour s'entraîner comme une tigresse. Elle doit gagner. Et tenir sa promesse.

14

Trois heures plus tard, un soleil timide (mais bien visible!) a remplacé la grisaille qui sévissait durant la matinée. Maintenant, c'est plutôt la chaleur et l'humidité — étonnamment suffocantes en ce mois de mai — qui incitent les gens à chialer. Comme quoi, beau temps, mauvais temps, personne n'est jamais content!

«Oh, non! Avoir su qu'il ferait aussi beau, j'aurais écouté ma mère», se dit Xavier en pensant aux recommandations de Jo Ann, qui n'a cessé de lui casser les oreilles au sujet de son satané écran solaire.

«Si tu l'oublies, tu vas le regretter!» lui a-t-elle prédit. Mais son fils n'en a fait qu'à sa tête (dure) en prenant seulement son parapluie. À l'instar des autres participants du *X-treme — Skateboard* et de son organisateur, le rouquin a religieusement étudié les prévisions météo diffusées à la télé, sur Internet et dans les journaux pour se faire une idée précise des conditions climatiques auxquelles ils seraient confrontés. Il s'était même préparé à l'éventualité que l'événement soit reporté ou qu'il se déroule, tout au mieux, sous un ciel nuageux…

En résumé, même s'il a préféré mettre la crédibilité de sa mère en doute au profit de tous ces charlatans météo, Xavier doit maintenant reconnaître qu'il s'est royalement fourvoyé, et sur toute la ligne!

Il songe d'ailleurs qu'il aurait peut-être dû l'écouter lorsqu'elle lui a proposé de le conduire à l'école. Mais il a préféré prendre sa planche, histoire de se réchauffer, et voilà qu'il est littéralement en nage, mouillé de la tête aux pieds, avant même d'arriver sur les lieux de la compétition. Pourtant, contrairement à l'écran solaire qui lui fait défaut, le rouquin n'a pas omis de badigeonner généreusement ses aisselles de déodorant, car il n'est jamais trop prudent avec ses hormones d'adolescent! Il s'agit en fait d'une équation purement mathématique: soleil + nervosité extrême + efforts physiques = cocktail d'odeurs hautement chimiques!

Cela dit, sueur ou pas, il n'y a vraiment pas de quoi se prendre la tête avec ça. Bien au contraire! Xavier aurait plutôt intérêt à se réjouir d'un tel revirement climatique, par solidarité pour Ludovic. Considérant l'incroyable logistique qui sous-tend un tel événement, il valait mieux pour l'organisateur que l'épreuve ait lieu aujourd'hui, comme prévu.

N'empêche que le Roux aurait bien pris quelques jours supplémentaires pour s'exercer, ne se sentant toujours pas d'attaque pour se mesurer à des skateurs plus vieux et, surtout, plus expérimentés. Il n'a jamais été aussi nerveux depuis... son entrée au secondaire, disons. Bon, il y a bien eu cette fois où Sam l'avait convaincu d'aller faire flamber un caca de chien (ou de raton laveur?) devant la porte d'entrée de ses voisins fatigants, ce qui l'avait rendu si anxieux qu'il avait lui-même dû courir aux toilettes pour faire un numéro deux...

Ce mauvais souvenir le fait grimacer et lui rappelle qu'il n'a pas encore pris le temps de soulager ses intestins, ce matin. D'affreuses crampes lui tordent les boyaux tandis qu'il continue de rouler sur la chaussée en redoublant d'ardeur pour arriver à destination au plus tôt.

« Viiiiiiiiiiite! Faut que j'aille aux toilettes! » pense-t-il en accélérant. Mais avant qu'il n'atteigne la rue de la polyvalente, cette envie pressante s'est dissipée afin de le laisser seul, en tête à tête avec sa nervosité. Quelle délicatesse!

Xavier fait claquer la queue de sa planche pour monter sur le trottoir en exécutant un bon vieux *ollie*. L'école secondaire des Cascades de Rawdon se découpe maintenant à l'horizon. En avançant à une vitesse modérée, le garçon distingue bientôt la silhouette imposante et facilement reconnaissable du Gros Landry, et celle de Ludo, drôlement chétif à ses côtés. Même d'aussi loin, on voit aisément combien ces deux-là transpirent la joie de vivre (et pas que ça…).

L'organisateur de l'événement est aux anges, et pour cause ! Xavier ne peut certes pas le deviner, mais, à cet instant précis, Ludovic remercie le ciel de lui avoir accordé ce miracle bien mérité. Peu importe qu'il ait perdu son pari avec son frère et qu'il doive, par conséquent, s'improviser entraîneur de wakeboard personnel jusqu'à l'ultime épreuve de *freestyle* qui aura lieu le mois prochain. L'important, pour le moment, c'est que tout se passe comme sur des roulettes durant l'épreuve de skate d'aujourd'hui. Que mère Nature les épargne jusqu'à la finale, et même jusqu'à la remise des prix. Après, il pourra bien se mettre à grêler : Ludo n'en aura rien à cirer !

Xavier pénètre dans le stationnement de l'établissement en s'émerveillant de le voir ainsi métamorphosé en un skatepark géant. L'école des Cascades est tout à fait méconnaissable sous ses airs de pseudo-X-Games junior !

Là où sont généralement garées les voitures de leurs « chers » enseignants trônent maintenant d'imposants modules à l'intention des participants. Le planchiste amateur est plus qu'heureux d'apercevoir un *funbox**, une sorte de module polyvalent agrémenté d'un *rail**, d'un *curb** ainsi que d'un plan incliné, sur lequel il pourra aussi bien *slider** que *grinder**, ou tout simplement rouler pour se donner la propulsion et la vitesse nécessaires pour exécuter un *trick*. Une pyramide et un *spine** aux couleurs des commanditaires s'élèvent de part et d'autre du *funbox*. Finalement, un *quarter-pipe* et un autre *rail* viennent compléter le tableau de ce charmant terrain de jeu relativement minimaliste, mais suffisamment complet pour permettre un large éventail de sauts et de cabrioles.

La façade de la polyvalente disparaît presque totalement derrière une foule de bannières portant les logos des commanditaires. Deux énormes haut-parleurs s'érigent telles des sentinelles sous une tente aux couleurs de Sport 337, le commerce de Robert Blondin, le père de Sam.

Monsieur Blondin et son fils sont d'ailleurs arrivés parmi les premiers sur le site, juste après Ludovic et le Gros Landry, venus accueillir les techniciens bénévoles, préparer la table d'inscription et superviser les dernières installations avant la compétition. Loïc et son père les ont ensuite rejoints et, malgré leur nombre réduit, ils y ont tous mis tellement d'ardeur que le site était prêt (ou presque) en moins de deux heures...

Tout ça pour dire que Xavier est soulagé de constater qu'il n'aura pas à lever le petit doigt pour les aider !

« Une chance que je me suis pas TROP dépêché », pense le rouquin à lunettes avec satisfaction, roulant vers le groupe en appuyant sur le nez de sa planche pour en soulever l'arrière façon *nose manual*. Sa bouche est fendue d'un sourire et ses bras sont levés au ciel pour maintenir son équilibre tout en attirant l'attention des garçons.

Plutôt que de se concentrer sur l'asphalte qui défile sous sa planche et ses pieds, il mate ses amis, le visage ruisselant de fierté, et ne remarque donc pas l'énorme câble électrique placé en travers de son chemin. S'ensuit alors une cascade spectaculaire (digne du nom de l'établissement) tandis que Xavier est violemment propulsé vers l'avant, culbutant maladroitement sur le sol dans une tentative d'amortissement pour le moins douteuse.

Heureusement qu'il avait pris la peine d'enfiler ses genouillères et son casque protecteur avant de quitter la maison, sinon il aurait fait l'erreur de s'autodisqualifier avant même d'avoir pris part à la compétition!

Le Roux parvient à réprimer le cri de douleur juste avant que celui-ci ne franchisse ses lèvres, puis il se relève en bondissant sur ses pieds, comme si rien ne s'était passé.

— *YO !* s'annonce-t-il de la manière la plus détachée qui soit, alors que les gouttes qui perlent abondamment sur son front et le cramoisi de sa carnation trahissent effrontément son embarras profond.

Sauf que… les autres gars ne sont ni aveugles ni dupes.

— Franchement, le Roux, fais pas comme si on t'avait pas vu ! le provoque aussitôt Sam, rieur.

Xavier ne se fait pas prier plus longtemps : sous le regard amusé de ses amis (et l'œil indiscret de leurs pères), il se tord exagérément pour laisser libre cours à sa souffrance, ce qui le soulage instantanément. Après avoir hurlé tout son soûl, le Roux croit tout de même nécessaire de se défendre, par principe :

— Mais, quand même… c'est quoi, le but de mettre un fil électrique en plein milieu du *course*, pour vrai ? C'est dangereux ! s'insurge-t-il, toujours un brin honteux.

— Ce sont les câbles des haut-parleurs. On les a laissés là parce qu'on allait justement les brancher, répond Ludovic avec l'aplomb de celui qui a toujours raison.

Mais Xavier ne l'écoute déjà plus. Loïc, Samuel et lui sont désormais occupés à échanger leur poignée de main habituelle, leur petit rituel bien à eux, dont ils enchaînent les mouvements avec sérieux.

— Ça va ? s'informe Sam, manifestement ravi de retrouver son ami.

— Ouais ! Un peu stressé, mais ça va…

— Un peu ? fait Loïc, sceptique.

— Ouin ! Est-ce que ça t'arrive de PAS être stressé ? renchérit le frisé.

— Ben… quand je dors, je pense !

La réplique de Xavier déclenche une nouvelle salve de rires, ce qui détend l'ambiance. Le rouquin n'est certes pas le seul à être nerveux, mais jusqu'à présent, tout se déroule pour le mieux.

Xavier poursuit sur sa lancée en esquissant un geste vague en direction des modules sur lesquels il devra faire son numéro.

— Ç'a de la gueule, pareil ! Pis on est trop chanceux qu'il fasse beau ! Ça paraît même plus qu'il a plu, fait-il remarquer.

— Il faut dire que le père de Bozo y est pour beaucoup…, admet Ludovic avant d'expliquer comment le gros aspirateur à eau apporté par Robert s'est chargé de faire disparaître les flaques en absorbant un maximum de liquide afin d'accélérer l'assèchement de l'asphalte.

Cette explication semble surprendre Xavier, qui le dévisage la bouche ouverte, interdit, l'air de se demander si le frère de son ami ne serait pas encore en train d'abuser effrontément de sa crédulité. Sam confirme pourtant les dires de l'organisateur :

— C'est vrai. Mon père avait acheté ça il y a quelques années, quand il a eu des dégâts d'eau au magasin… Ça fait des miracles, ce bidule-là !

— Ouin. Je vois ça.

Il est vrai, cependant, que le bidule miracle en question (qu'on dirait tout droit sorti d'un publireportage de *Shopping TVA*) a reçu un bon coup de pouce, ou plutôt… un bon coup de chaleur du soleil qui s'est ensuite chargé du reste en dardant ses impitoyables rayons sur le pavé humide. Après tout, même s'il a tardé à se manifester, l'astre solaire figure néanmoins parmi les invités VIP de la compétition « Planches d'enfer » !

Petit à petit, les concurrents de l'école des Cascades ainsi que leurs adversaires de la polyvalente Félix-Léclair — toujours aussi facilement reconnaissables à leur signe distinctif en forme d'éclair — commencent à converger vers le site. Ludovic gagne son poste à la table des présences afin de les accueillir comme il se doit. Celle-ci a été installée à l'abri du soleil, sous l'espèce de préau-pas-beau, devant l'entrée principale de l'établissement.

Pendant que les nouveaux arrivants patientent en file devant la table d'inscription pour donner leur nom à Ludo et connaître leur ordre de passage, certains participants (dont Xavier) se permettent de tester le parcours, profitant de l'inattention passagère de l'organisateur pour entamer le réchauffement.

Bientôt, le stationnement se retrouve bondé de gens venus assister à l'événement pour encourager l'un ou l'autre des élèves inscrits à l'épreuve de skate ou pour assouvir leur curiosité, tout simplement. Les jeunes se regroupent ici et là en jacassant bruyamment tandis que les parents des participants cherchent déjà le meilleur angle pour voir leur enfant en action, dès le début de la compétition. L'événement gagne manifestement en popularité, ameutant une foule incroyablement plus dense qu'à l'épreuve précédente.

Mathis arrive enfin, accompagné de sa petite sœur et de sa petite am… euh… d'Ophélie. À les voir ainsi marcher côte à côte, difficile de deviner qu'ils forment un couple, remarque Samuel. Ils ne se regardent pas et ne se tiennent pas par la main. Ils restent même plutôt éloignés l'un de l'autre, comme s'ils avaient peur de se toucher. Le frisé les salue de la main pour les inviter à se rapprocher en tâchant de dissimuler sa déception.

Il avait espoir de voir Annabelle marcher à leur suite, mais il doit se rendre à l'évidence : la jolie skateuse brille toujours par son absence. Et lui, pendant ce temps, peine de plus en plus à refréner son impatience.

« Qu'est-ce qu'elle fout ? Elle devrait déjà être là depuis longtemps… La compé va bientôt commencer ! » s'énerve-t-il de plus belle.

S'il a pris la résolution de lui dévoiler ses sentiments aujourd'hui, il devra toutefois attendre la fin de l'épreuve pour ne pas risquer de lui faire perdre sa concentration. Sam aurait bien du mal à se le pardonner ! Et puis, ce ne serait vraiment pas à son avantage, sa belle amie faisant partie de la même équipe que lui.

— Alors, vous envisagez déjà de déclarer forfait ?

Sam et Loïc se retournent en sursaut pour se retrouver face à face avec Fabrice. Décidément, arriver en catimini est devenu son moyen de prédilection pour surprendre ses amis ! Cette habitude commence à devenir agaçante, mais ils ne vont surtout pas lui faire le plaisir de le lui dire… Ce serait un peu comme lui donner raison.

— Non…, souffle BD.

— Je suis sûr qu'elle va arriver d'une minute à l'autre, conclut le frisé.

Pourtant, sa voix ne pourrait être moins assurée…

15

Dans le sous-sol de leur nouvelle demeure, on n'entend que le grondement caractéristique des roues contre le béton et le souffle haletant de l'adolescente qui s'y exerce depuis des heures sans jamais vouloir s'arrêter, ne serait-ce que pour s'hydrater. Annabelle a les joues en feu et la gorge enflammée, mais elle ne s'en rend même pas compte, tellement elle s'applique à se surpasser.

Ses fines rastas ont été relevées en une coiffure improbable réalisée en quelques secondes à peine, une sorte de chignon lâche ressemblant à s'y méprendre à une grosse danoise[22].

À défaut de pouvoir répéter les figures réalisables sur modules, Annabelle s'évertue à enchaîner ses meilleurs *flat tricks** en une boucle infernale. Dès qu'elle fait une fausse manœuvre, qu'elle tombe ou qu'elle se trompe, elle recommence. Elle sait que tout bon skateur triomphe à force de patience et, surtout, de persévérance. Dans le jargon des professeurs, c'est ce qu'on appelle l'apprentissage par essais et erreurs. Les chutes et les blessures

---

22 En référence à la pâtisserie, et non pas à une Scandinave de forte taille! N'allez surtout pas me prêter de mauvaises intentions.

sont comme autant de mauvais calculs dont on fait durement l'expérience.

Léa occupe toujours ses pensées, en filigrane. Son amie d'enfance ne représente plus une préoccupation, mais une nouvelle source de motivation. Annabelle a maintenant l'intime conviction que sa performance durant la compétition aura une incidence sur la réapparition de la fugueuse. C'est ridicule, elle le sait, mais elle garde espoir que ce soit vrai.

Plus elle saura impressionner les juges, meilleures seront les chances de retrouver son amie, qu'elle se dit.

Et si Léa se décidait enfin à revenir d'elle-même? Annabelle ne peut croire qu'elle soit heureuse en étant aussi loin de sa famille, de ses amis, de tous ceux qu'elle aime. Non, pas tous... Elle est avec Tommy.

— ANNABELLE! lui crie sa mère du rez-de-chaussée, la tête passée dans l'entrebâillement de la porte menant au sous-sol.

Mais sa fille est bien trop occupée à réussir le *no comply impossible* qu'elle s'acharne à réessayer sans répit depuis une dizaine de minutes.

— Tu devrais pas déjà être à ta compétition, ma belle?

Cette fois, l'effet est instantané. Annabelle attrape sa planche d'une main et relève la tête vers sa mère, perchée en hauteur. L'adolescente craint soudain d'avoir un peu (beaucoup) perdu la notion du temps.

— Il est quelle heure, au juste?

— 10 h 12.

— QUOI? Pourquoi tu m'as pas avertie plus tôt? s'énerve-t-elle, le regard fou.

— Tu m'as dit que tu voulais être plus indépendante, à l'avenir…

Annabelle se souvient bien d'avoir eu cette discussion avec Jeanne peu après leur arrivée à Rawdon. Sauf que l'adolescente espérait simplement une augmentation de son argent de poche… Elle ne faisait pas du tout référence à ce genre d'indépendance!

— Bon, c'est correct. Je vais te conduire. Alain, Jules et Camille nous rejoindront plus tard.

— Merci, m'man!

Elle ingurgite une banane et un yogourt à la fraise en vitesse, puis elle monte à l'étage se brosser les dents en tournant les coins ronds pour laisser un peu de répit au tartre clandestin qui a trouvé refuge sur sa molaire gauche, se disant que ça peut toujours attendre à ce soir ou à demain. Au diable les recommandations d'Alain! Pour l'instant, elle est pressée, et son hygiène buccale ne figure pas sur la liste de ses priorités.

La voilà prête. Ou presque…

— C'est quand tu veux, m'man! crie-t-elle en dévalant les escaliers, sa planche à la main.

Sa mère la contemple d'un drôle d'air, avec un sourire pincé et les sourcils en accents circonflexes, comme si elle prenait la pose pour une photo en plein soleil.

— T'oublies pas quelque chose?

— Euh…

À part sa planche, Annabelle ne voit pas ce dont elle pourrait avoir besoin, mais elle dresse néanmoins un inventaire mental pour en être certaine: «Mon skate, mes DC chanceux, mon casque et ma tête aussi, tant qu'à ça… euh… c'est tout, je pense…»

— Non, j'ai tout!

Sa mère pointe alors son index parfaitement manucuré en direction du pantalon d'Annabelle, qui réalise aussitôt son étourderie.

— Oups… je suis encore en pyjama, constate-t-elle en avisant son sarouel[23] aux motifs psychédéliques. Je peux pas sortir comme ça!

Elle consulte l'horloge murale accrochée au salon, mais néanmoins visible du vestibule à condition de se contorsionner un peu. 10 h 20. Déjà plus d'un quart d'heure de retard.

«Si Sam peut *rider* déguisé en Bozo le clown, je vois pas pourquoi j'aurais pas le droit de skater en pyjama!» raisonne-t-elle.

---

23 Pantalon bouffant d'origine indienne facilement reconnaissable par son fond de culotte pendouillant.

— J'ai pas le temps de me changer. C'est pas grave. On y va, débite-t-elle d'un trait.

Dans l'auto, Annabelle se sent bien, furieusement vivante. Elle a l'impression de flotter sur son siège, tellement elle est légère. Sereine, même.

Sa mère a beau monologuer en conduisant, et penser à tort que sa fille porte une oreille attentive à son discours, il n'y a rien de moins vrai, comme toujours.

« WOW ! Vive le skaaaaaaaate ! » songe Annabelle, béate, depuis leur départ de la maison.

Elle serait bien en peine d'expliquer la raison scientifique de cet état d'extase ou de transe, de ce nirvana[24] ! Elle a le vague souvenir d'avoir déjà entendu son ancien prof d'éducation physique parler de ces espèces d'« hormones du bonheur » qui portent un drôle de nom ressemblant à « morphine » et qui, à bien y penser, font sentir le sportif tout aussi *drôle*.

Mais elle devait sûrement parler avec Léa à ce moment-là, parce qu'elle a raté l'essentiel des informations pour ne retenir qu'un détail anodin : ces hormones sont libérées dans le corps grâce à la chimie complexe du cerveau humain.

Une salve de klaxons la fait aussitôt redescendre de son petit nuage. Un chauffeur qui s'impatiente derrière. Le niveau de stress de sa mère vient de

---

24 Pas le mythique groupe de musique, mais plutôt cet état décrit comme la sérénité suprême dans la religion bouddhiste.

grimper en flèche, mais — bonne nouvelle ! — elle n'a plus la tête à parler.

Annabelle n'avait pas remarqué que Jeanne s'était donné pour mission de rivaliser avec les limaces de la région.

— Maman, accélère ! Je suis déjà en retard !

— C'est une zone scolaire. Je vais quand même pas accélérer dans une ZONE SCOLAIRE !

La voiture avance si lentement que n'importe quel skateur pourrait la rattraper aisément. Cette constatation agit tel un électrochoc sur l'adolescente, qui émerge de sa transe à la vitesse de l'éclair.

En y regardant de plus près, Annabelle reconnaît la petite école primaire que fréquente Jules, son petit frère. Pour l'y avoir maintes fois accompagné, elle sait d'expérience que celle-ci se situe à une distance négligeable de l'école des Cascades. Disons cinq minutes de marche, tout au plus, à condition d'emprunter le passage secret… qui n'a, en réalité, rien de vraiment secret, puisque tous les jeunes du coin sont déjà passés par là au moins une fois.

— Laisse-moi ici. Je vais courir, ça va aller plus vite.

— Annabelle, non ! ATTENDS !

Mais sa fille referme déjà la portière derrière elle dans un claquement sec. Elle disparaît sur sa planche en roulant comme une déchaînée,

soulevant un nuage de poussière sur son passage,
si bien que le couple de vieillards qui passaient
par là jurerait avoir vu une tornade en pyjama…

16

Les vingt participants inscrits à l'épreuve *X-treme — Skateboard* ont été divisés en quatre sous-groupes de nombre égal, mais de calibre différent, histoire d'éviter qu'ils ne s'affrontent tous en même temps (ce qui, vous en conviendrez, serait le chaos assuré!).

Ludo s'est tout bonnement fié aux années de pratique cumulées par les concurrents afin de déterminer la place de chacun dans le classement. Les novices d'abord, puis les plus forts. L'organisateur de l'épreuve est conscient que les années d'expérience ne sont pas toujours un gage de talent. Les aînés ne font parfois pas le poids devant le génie de certains petits qu'on croirait nés avec une planche aux pieds, tellement ils sont agiles et doués. Ces demi-portions n'ont tout simplement peur de rien, mais bon… il faut dire aussi qu'ils tombent de bien moins haut que les plus grands!

Ludo ne connaît pas encore tous les participants, mais il s'attend néanmoins à ce que le niveau de la compétition soit assez élevé, et le résultat, plutôt serré. De sacrés bons skateurs figurent parmi les personnes inscrites, et il espère ainsi que les spectateurs de son événement assisteront à un crescendo de prouesses, de flammèches et de magie. L'adolescent de seize ans s'est donné pour mission de révéler à la face du monde les jeunes prodiges de la région. Rien de plus, rien de moins.

Malgré son arrivée tardive, Annabelle a été classée dans le deuxième groupe, en dépit de ses quatre valeureuses années de dévouement acharné pour son sport favori. Avec un an de pratique supplémentaire, elle se serait peut-être retrouvée dans le troisième groupe, avec Xavier.

D'un côté, elle aurait aimé profiter d'un instant de répit pour reprendre son souffle et boire un peu d'eau (deux piscines olympiques auraient fait l'affaire), mais, d'un autre côté, passer rapidement n'est peut-être pas une mauvaise idée, puisqu'elle est déjà largement réchauffée.

Les dossards ont été revêtus et les gourdes d'eau, gracieusement offertes par Altermundo — la compagnie d'import-export de produits équitables pour laquelle travaille le père adoptif de Mathis —, ont été distribuées afin d'éviter les incidents tels que celui survenu durant l'épreuve *Slopestyle — Snowboard*, en février. En effet, il a été convenu que, dorénavant, les concurrents ne boiraient que les rafraîchissements fournis par les commanditaires afin de s'assurer qu'aucun autre petit rigolo ne remplacerait l'eau par de la vodka, comme la dernière fois[25].

Ludo n'entend plus à rire.

Les participants du premier *heat* n'attendent plus que le signal de l'animateur pour briser la glace et foncer vers leur module favori dans l'espoir d'impressionner le jury. Ils savent qu'ils n'auront pas de temps à perdre et, surtout, pas de place pour l'erreur.

Une seule petite minute, soixante trop brèves secondes, pour mettre à profit leur savante chorégraphie.

Annabelle observe les quatre garçons auxquels elle devra se mesurer, reconnaissables à leur dossard orange. Deux d'entre eux semblent nerveux, trépignant d'un pied sur l'autre, leur planche à la main. Les deux autres, en revanche, ont une parfaite maîtrise d'eux-mêmes, se contentant de poser un regard blasé sur la foule ou sur les installations dans l'attente de pouvoir passer à l'action.

Xavier devra, quant à lui, patienter encore deux tours pour leur montrer de quel bois il se chauffe... Il rejoint son amie dans l'intention de l'encourager, mais elle est tellement concentrée sur les figures qu'elle prévoit exécuter qu'elle ne remarque même pas sa présence dans son dos.

---

25 Voir *Planches d'enfer, Samuel : 360°*.

Le rouquin a beau lui demander ce qu'elle fait en pyjama, Annabelle ne se retourne pas. En fait, c'est à peine si elle a salué ses copains depuis son arrivée.

Pas mal dans sa bulle, la petite madame!

Elle inspire et expire profondément tout en visualisant en accéléré les figures qu'elle a l'intention d'exécuter durant cette première minute qui lui sera bientôt allouée.

L'animateur se décide enfin à prendre la parole après avoir tapoté deux ou trois fois son micro pour attirer l'attention de tous les gens présents. Il s'agit du même pseudo-rappeur que la dernière fois, un ami de longue date de Laurent, le grand frère de Loïc et de Ludovic. À défaut de percer dans l'univers de la chanson, le jeune homme se recycle dans l'animation de fêtes et de compétitions. Il se racle la gorge avant d'attaquer son discours d'introduction:

— Hé! Hé! Salut, tout le monde! Bienvenue à la deuxième épreuve de la méga-compétition multidisciplinaire «Planches d'enfer», pour cette deuxième ronde. Après le *Slopestyle — Snowboard* en février, l'épreuve de *X-treme — Skateboard* est enfin arrivée!

La foule manifeste bruyamment sa joie.

— YÉ! Je vois que vous êtes déjà réchauffés. Vous allez voir que c'est pas pour rien que l'événement s'appelle comme ça, parce qu'on a vraiment des planchistes d'enfer! Je vous prédis que, pour nos trois juges, le choix sera pas facile à faire… Bon. Je vois que tout le monde est en place. Nos cinq premiers *riders* ont l'air pas mal prêts, à leur voir la face! J'annonce donc le début de cette première *run*! Et surtout, oubliez pas d'avoir du fun!

Le skatepark improvisé est aussitôt envahi par les cinq novices aux dossards jaunes, dont trois fréquentent l'école des Cascades, et les deux autres, la polyvalente Félix-Léclair. Dans la foule, les encouragements fusent de toutes parts :

— Envoye, Rémi, t'es capable!

— Allez, le gros! Montre-leur ce que tu vaux!

— Reste concentré, Lemay!

Mais une minute, c'est bien vite passé, surtout quand on sait qu'on passe le prochain, ou plutôt, la prochaine. Annabelle devrait avoir le trac; pourtant, elle se sent étrangement détendue, décontractée, comme déconnectée de la réalité.

« Ça va bien aller. Il le faut. Pour Léa. »

Les gens dans l'assistance acclament chaleureusement les efforts des débutants, bien que ceux-ci n'aient rien combiné de particulièrement spectaculaire. Un bon début, somme toute. La barre n'est pas bien haute, mais encore faut-il l'atteindre!

Vient le temps du deuxième *heat*, et donc le tour d'Annabelle. Par chance, elle a un peu repris son souffle et retrouvé son teint habituel.

Son ventre gargouille, mais elle l'ignore. Après tout, ce n'est vraiment pas le moment de s'adonner à ses petits plaisirs gourmands!

— Maintenant, je veux voir sur le *course* notre deuxième groupe. On réunit les troupes. Hé! Hé! Parfait. Vous êtes prêts?

Annabelle et un autre dossard orange lui font signe que oui en hochant brièvement la tête, l'air grave, sérieux.

— OK! À vos marques, prêts, SKATEZ!

Tandis qu'il regarde Shakira junior s'élancer en direction du *rail*, Xavier repense à une phrase lue dans un numéro d'*Adrenalin*, un vieux magazine français spécialisé dans la planche, qui appartenait à son oncle et dont il a hérité quand celui-ci s'est assagi, remisant son skate au grenier: «Lors d'une compétition locale, attendre son tour équivaut à se trouver dans un bar de karaoké.»

Pouahaha!

Le Roux s'en souvient encore, car la comparaison l'avait bien fait rigoler sur le coup, même s'il n'avait jamais participé à une soirée karaoké ni même à une compé auparavant. Il réalise à l'instant que participer à ce genre d'événement nécessite presque autant de patience que de talent… Xavier se rappelle aussi que l'auteur de l'article[26] reprochait au skate de compétition de

---

26 Sami Seppala.

ressembler davantage à du patin artistique qu'à une séance de palettes entre amis : « Une chute et on est foutu. Deux, et c'est la porte. »

Ouf ! Cette constatation est loin de le rassurer…

Bien sûr, il s'agit aujourd'hui d'un concours amateur, d'une compétition somme toute amicale. Les juges risquent donc d'être plus indulgents qu'ils ne le seraient avec des professionnels ou des plus grands, mais…

Xavier ne peut néanmoins s'empêcher de douter de ses capacités, même s'il a mis toutes ses énergies à s'entraîner durant les semaines passées ; il craint que ce ne soit pas assez pour se tailler une place sur le podium.

On ne peut pas en dire autant d'Annabelle, qui avance avec assurance sans trop se questionner. Elle effectue un élégant *frontside* nose slide** sur le tube métallique, ce qui lui vaut instantanément les acclamations de ses amis, disséminés dans le public, et même de sa mère qui vient tout juste d'arriver après avoir tourné en rond durant une dizaine de minutes pour trouver une place de stationnement, chose rare dans le quartier (signe que l'événement gagne en popularité).

Bien qu'elle ne comprenne rien à ce sport ni à l'engouement maladif que sa fille a pour lui, Jeanne n'en est pas moins impressionnée de constater la grâce et l'aisance dont fait preuve l'aînée de ses trois enfants sur une planche.

« Ah, si elle pouvait être aussi gracieuse dans la vie de tous les jours ! Accepter de porter les jolies robes que je lui achète au lieu de toujours négliger son apparence… Et si elle pouvait s'appliquer autant sur ses résultats à l'école qu'à l'extérieur, ça aussi, c'est certain que ça ferait mon bonheur », pense-t-elle, un peu à regret. Ce n'est pas qu'Annabelle ne la remplisse pas de fierté, mais disons simplement qu'elle aurait espéré qu'en grandissant, sa fille se métamorphoserait en une jeune femme à son image : féminine, délicate et posée… sauf qu'elle devient tout l'opposé !

— Ooooh ! À voir comment elle est habillée, on aurait pu penser qu'Annabelle Poitras, alias Miss Pyjama, vient à peine de sortir du lit… mais, mesdames et messieurs, je vous confirme qu'elle est « BELLE » et bien réveillée. Hé ! Hé !

Annabelle se dirige maintenant vers le *curb*, mais un skateur de l'école Félix-Léclair l'avise avant elle. Elle dévie de sa trajectoire à la dernière seconde, évitant de près l'autre concurrent qui lui lance, frondeur :

— Regarde où tu vas, p'tite fille !

La jeune skateuse lui lance un regard mauvais qu'il ne voit pas, puisqu'il lui tourne le dos pour entreprendre un *5-0* grind** sur le module dont il a pris possession. La figure manque toutefois d'assurance et de conviction, sans doute en raison de la perte de vitesse due à l'hésitation. En équilibre précaire sur ses roues arrière, l'adolescent bat furieusement l'air de ses bras pour retrouver son centre de gravité, sans succès. Plutôt que de retomber au sol les deux pieds sur son skate comme il l'aurait souhaité, c'est son dos qui amortit lourdement sa chute sur l'asphalte.

Comme si la situation n'était pas déjà suffisamment humiliante pour le garçon, l'animateur choisit de commenter l'action :

— C'est un peu le chaos ici, le monde se rentre les uns dans les autres, les boards qui revolent, mais l'ambiance est *chilly*…

Annabelle décide de doubler l'affront en faisant demi-tour vers le *curb* pour exécuter la même figure que lui, mais à la perfection.

En passant devant l'élève de Félix-Léclair après avoir réussi son *five-O* avec brio, elle lui balance, espiègle :

— Ha ! Ha ! Tu peux ben parler… Entre toi pis moi, c'est clairement toi, la fillette !

Et vlan dans le toupet !

17

Dès que l'animateur annonce la fin de sa première minute de gloire, Annabelle se retire aussi vite sous l'une des tentes, à l'abri du soleil, pour boire. Elle vide sa gourde Altermundo d'un trait et redemande même de l'eau à Jade, la sœur de Mathis, chargée de servir les rafraîchissements pour la journée.

Ce n'est qu'après avoir bu à satiété que la seule fille inscrite à l'épreuve s'accorde enfin une pause bien méritée pour aller décompresser auprès de ses amis et coéquipiers.

Ne voulant rien manquer de la performance de Xavier qui entame son premier parcours à l'instant, elle se fraie un passage parmi la foule compacte sans jamais le perdre de vue, qu'importe sa position sur le terrain. Mais l'inattention étant par définition une véritable invitation aux incidents, Annabelle entre aussitôt en collision avec le concurrent dont elle s'est moquée précédemment, s'attirant ainsi les foudres de celui-ci :

— Coudonc ! Fallait te faire prescrire des lunettes avant de t'inscrire à une compétition !

— Hein, rapport ? J'ai pas besoin de lunettes !

— Ben, là ! Sois t'es aveugle, soit tu fais exprès de me rentrer dedans ! lui lance-t-il d'un ton accusateur avant de se radoucir pour laisser sous-entendre, mielleux : T'sais, si tu veux ma photo, t'as juste à me la demander…

— Euh… Ouache ! Si MOI j'ai des problèmes avec mes yeux, TOI t'as un sérieux problème avec ta tête.

Et elle s'éloigne sans demander son reste. De toute façon, les restes viennent généralement après les repas, et il se trouve qu'elle n'a pas encore mangé depuis son (très) petit-déjeuner ingurgité en vitesse avant de quitter la maison. Son ventre gargouille justement dans le but de lui rappeler qu'il n'a pas reçu l'apport énergétique et nutritionnel nécessaire pour permettre à son corps de bien fonctionner. Mais, encore une fois, elle l'ignore.

Quand Annabelle rejoint enfin ses amis, encore un peu secouée par sa rencontre fortuite avec l'enragé de Félix-Léclair, il ne reste plus que vingt-deux secondes aux participants du troisième groupe pour clore leur circuit en beauté. C'est du moins ce qu'indique le panneau d'affichage, très rudimentaire, mais fonctionnel.

Au lieu de s'activer dans l'idée de profiter au maximum du temps qu'il lui reste, Xavier patiente à quelques mètres du *funbox*, sa planche dans une main, se grattant le sommet du crâne de l'autre, l'air indécis. La sueur perle sur son visage, et ses joues ont définitivement viré au cramoisi. Son dossard rouge paraît fade et délavé comparativement à son teint de homard du Nouveau-Brunswick, ce qui n'est pas peu dire.

C'est Jacob Voyer, l'un des deux coéquipiers du Gros Landry, qui occupe brièvement le module pour réaliser un *360° flip* minimaliste, mais d'une grande précision. Dès sa sortie, c'est un skateur de l'école adverse qui monopolise le module chéri, même si le Roux était là bien avant lui.

Incroyable, tout de même! Ils ne sont que cinq sur le circuit, mais ils trouvent malgré tout le moyen d'empiéter les uns sur les autres en se disputant l'un des cinq modules disponibles.

— Hé! proteste mollement Xavier, sachant qu'il ne pourra rien y changer.

Quinze secondes. L'élève de Félix-Léclair effectue un *50-50* grind* avant de dégager vite fait, bien fait. Dans l'assistance, Fabrice, Mathis et Ophélie s'époumonent:

— Allez, le Roux! Fonce-eu! l'encourage son pote français.

— Ouais, prends ta place! l'incite son ami au teint basané.

— Arrête de regarder les nuages, lui suggère une petite voix flûtée semblable à celle d'une fée.

Ils ont raison. Xavier doit leur montrer ce qu'il a dans le ventre ! Ne pas se laisser impressionner par leur rapidité.

Dix secondes. La voie est libre. Le rouquin se propulse comme une fusée vers le *funbox* et gravit le plan incliné en portant un soin particulier au positionnement de ses pieds sur la planche. En atteignant la surface plane, il claque aussitôt la queue de sa précieuse palette avec son pied droit pour ensuite balayer son pied gauche vers l'avant de façon à ce que le skate soit entraîné dans un mouvement circulaire semblable à celui d'une hélice.

Xavier agrémente enfin ce tour de force d'une superbe sortie en *50-50* sur le *rail*. Propre, irréprochable. Sinon que…

« *360° flip 50-50* ! Une combinaison des *tricks* de Jacob et de l'autre qui est passé après lui ! » s'étonne Loïc en se disant que soit Xavier s'amuse à copier la méthode employée par Annabelle durant le *heat* précédent, soit il s'entête à imiter les autres participants, tout simplement.

— Beau combo, Lebeau ! Euh… Lebel, se ravise l'animateur en consultant le nom figurant au panneau d'affichage.

Loïc avait déjà remarqué la posture quelque peu étrange que prend le rouquin lorsqu'il s'applique à réussir une figure compliquée : les bras arqués au-dessus de sa tête telles deux ailes déployées dans le ciel, comme s'il cherchait à s'envoler, alors qu'en vérité, il n'aspire qu'à trouver le parfait équilibre pour ne pas s'étaler sur l'asphalte. Ses doigts crispés ressemblent aux serres d'un oiseau de proie. Bon… d'un petit oiseau de proie, évidemment, de ceux qui sont de véritables chasseurs, mais qui ne font pas vraiment peur. Un faucon crécerelle à dos roux, par exemple.

BD rit dans sa barbe… Enfin, c'est ce qu'il fcrait s'il en avait une, car, pour le moment, il rase avec assiduité les quelques poils qui lui poussent au menton avec l'objectif non avoué de les endurcir pour rivaliser avec la pilosité de son aîné.

S'il est ébloui par l'habileté technique de son ami, Loïc fait toutefois le malheureux constat que, hormis sa posture pour le moins originale, la performance de Xavier est, en définitive, plutôt banale.

La créativité lui faisant cruellement défaut, comme tout bon suiveux qui se respecte, le Roux semble s'être contenté de calquer les tentatives des skateurs qui évoluaient à ses côtés. Ce détail a frappé Loïc après qu'il l'a surpris à maintes reprises en train de mater les mouvements des quatre autres concurrents.

Peut-être devrait-il lui en parler. Essayer de le raisonner pour l'encourager à voler de ses propres ailes (de faucon crécerelle) en oubliant la présence de ses adversaires.

Il se promet de lui en glisser un mot à l'heure du dîner, après le deuxième *set*.

À ses côtés, Samuel observe Annabelle à la dérobée, impatient de mettre les choses au clair avec elle. Il n'arrive pas à s'expliquer son comportement asocial ni l'air grave qu'elle affiche depuis le début de la journée, mais il suppose qu'elle est juste très, très stressée. À fond dans la compétition. Peut-être se fait-elle également du souci pour son amie d'enfance.

Sam se demande s'il ne devrait pas garder ses sentiments pour lui, finalement… Est-il vraiment nécessaire de gâcher leur amitié au nom de la sincérité ? Il se fait de moins en moins d'illusions sur l'issue de cette relation. Il commence à croire que le mieux qu'il pourra tirer d'elle, même en travaillant encore très fort, se limitera à une complicité durable et bien réelle. Ce qui n'est pas mal en soi, mais ne lui suffit pas.

Samuel veut bien rester discret en s'abstenant de révéler son secret, mais il refuse de ne rien faire pour percer à jour celui de la belle. Il doit à tout prix savoir qui est celui qui fait battre son cœur. De cette façon, le frisé pourra trouver le garçon et le lui arracher (le cœur).

Il chasse cette vilaine pensée pour se concentrer sur le positif : atteindre son objectif en dressant un inventaire de ses rivaux potentiels. Un principe mathématique aussi simple que deux et deux font quatre : cerner le problème pour mieux le résoudre.

Ne sachant trop par où commencer pour l'inciter à se livrer, Samuel opte pour la première entrée en matière qui lui vient à l'idée :

— On dirait que t'es en pyjama…

— C'est parce que j'suis en pyjama, répond promptement Annabelle.

— Ah… Ben, en tout cas, si c'était une astuce pour te faire remarquer du jury, c'est réussi !

— C'était pas vraiment ça, le but, mais ouais, j'imagine que ça peut pas nuire… ça et le fait que je suis la seule fille à *rider*.

— Ouais… D'ailleurs, je voulais te féliciter pour ton attitude avec le gars qui t'a coupée. Je sais pas ce qu'il t'a dit, mais t'as bien fait de le remettre à sa place !

Annabelle se mordille la lèvre sans le regarder, et ça le rend fou. D'abord parce qu'il préférerait franchement qu'elle le dévore des yeux, et ensuite parce qu'elle est vraiment trop belle ainsi, avec son petit air songeur, indécis. Elle finit par avouer :

— Moi, je suis pas sûre que c'était une si bonne idée que ça… Maintenant, le gars s'est mis en tête que je voulais attirer son attention parce que je le trouve de mon goût.

— Hein ? N'importe quoi ! réagit prestement Sam tandis que son cœur manque un battement.

— Ouais, vraiment ! renchérit Annabelle dans une moue dédaigneuse, au grand bonheur de son ami.

« YÉ ! se réjouit-il intérieurement. Un petit pas pour moi, et un grand coup de pied au derrière pour le mal élevé de Félix-Léclair ! »

Après deux *runs* rondement menées, Annabelle est heureuse de pouvoir enfin céder aux requêtes incessantes de son estomac. Voilà près de deux heures qu'il crie famine dans son langage à lui, une série de borborygmes qu'on pourrait facilement confondre avec une langue extraterrestre — brrrroooouwaaa… gurrrwit… graaah… — , pour protester contre le jeûne imposé par sa maîtresse.

Bref, les sandwichs et les rafraîchissements offerts aux participants par les commanditaires de l'événement sont les bienvenus à la petite fête qui se donne dans son ventre. Annabelle est bien déterminée à ne converser avec ses amis que lorsqu'elle sera pleinement rassasiée.

Mais le destin en décide tout autrement…

Elle vient à peine de prendre place à l'une des tables à pique-nique disposées ici et là sur le terrain de l'école et s'apprête à prendre une grosse bouchée de son gueuleton (en salivant déjà) quand elle sent deux mains se poser sur ses yeux pour lui bloquer la vue.

— Devine c'est qui !

— Euh…

Ne connaissant qu'une personne assez «bozo» pour trouver ce petit jeu amusant, Annabelle est tentée d'accuser Samuel, même en sachant qu'il est assis face à elle. Cela dit, la voix — virile et suave — sonne bien trop grave pour être la sienne. La tonalité a beau lui être familière, aucun nom ne lui vient à l'esprit, sinon ceux de Ludo et de Landry…

— OK, je donne ma langue au chat ! capitule l'adolescente après un temps, sans même chercher à dissimuler son impatience.

«Non mais… ce petit jeu a assez duré !»

— Et c'est quoi, le nom de ton chat ? demande une autre voix (celle de Sam, il lui semble).

— Boots, mais… c'est quoi, le rapport ?

Les mains qui recouvrent la partie supérieure de son visage se dérobent alors pour lui redonner l'usage de la vue, et ce n'est qu'à ce moment qu'Annabelle découvre enfin son idole, penchée sur elle, à quelques centimètres à peine de sa crinière rebelle. Elle met tout de même une fraction de seconde à le reconnaître, n'étant pas habituée à le voir sans son gros manteau d'hiver et son casque à visière. Zac Boots paraît tellement différent, en camisole et en bermuda, en chair et en os… ou plutôt, en chair et en muscles ! Miam.

Fabrice, alias monsieur Je-me-la-pète-avec-ma-bébelle-à-six-cents-dollars, se charge aussitôt de capturer l'expression à un million de leur amie sur son iPhone chéri, ce que tout le monde (y compris Zachary Boutin) trouve particulièrement marrant, à l'exception de la principale intéressée.

En avril, Annabelle s'était juré que la prochaine photographie qu'elle prendrait en compagnie de son *pro rider* préféré serait bien plus réussie que la première, prise au Ride Shakedown de Saint-Sauveur. Mais voilà qu'elle tire la pire tronche de l'histoire de la photographie, du dix-huitième siècle à aujourd'hui : yeux écarquillés et affreusement globuleux, nez plissé, bouche entrouverte en une grimace inélégante digne d'un film de zombies.

La grande classe, quoi !

La jeune fille somme son pote français de supprimer ce cliché compromettant, mais celui-ci refuse catégoriquement sous prétexte qu'il n'y a rien de plus authentique qu'un instantané pris sur le vif.

Et comme de fait, le commentaire de Fabrice la pique au vif.

Annabelle se relève aussi vite que le permet une table de pique-nique, ne se gênant pas pour écraser la cuisse du paparazzi amateur au passage, ne serait-ce que pour décharger sur lui un peu de sa fureur. Une fois sur pied, elle profite de sa supériorité momentanée pour les regarder de haut en leur crachant :

— Bon, vous m'excuserez, mais j'ai besoin d'aller me concentrer. Zac, on se reparle plus tard ?

— Yep ! fait le beau planchiste, vaguement gêné d'avoir créé un froid autour de la tablée.

— Parfait.

Et elle repart, comme ça… mais en demandant son reste, cette fois. Après tout, elle est sur le point de crever de faim ! Les bras encombrés de son breuvage, de son gros sandwich de type sous-marin et de sa planche, elle rejoint sa famille à une table voisine. Son petit frère et sa petite sœur sont occupés à se chamailler, comme d'habitude. Sa mère et son beau-père en sont à s'obstiner, comme toujours. Camille, quatre ans, est au bord des larmes ; Jeanne, trente-quatre ans, est à bout de nerfs. Le fruit n'est pas tombé très loin de l'arbre, comme on dit.

Annabelle hésite à prendre place auprès des siens, n'ayant nullement envie de se farcir cette atmosphère d'enfer. Elle décide donc de les laisser en plan pour aller voir ailleurs si elle y est. Un peu de calme ne lui ferait pas de tort.

Bien qu'elle soit sincèrement flattée que Zac Boots se soit déplacé jusqu'à Rawdon pour venir l'encourager, et ce, en dépit de son horaire hyper-chargé, Annabelle n'arrive pas à se sortir Léa de la tête. Maintenant que son corps est au repos et que son cerveau est un peu trop libre de vaga-bonder, chaque éclat de rire et chaque éclat de joie qui parvient jusqu'à ses oreilles lui rappelle à quel point son amie d'enfance lui manque.

Elle se déniche enfin un petit coin bien à elle, en retrait, à l'abri des regards. Elle déballe de nouveau son sous-marin et en prend une énorme bouchée, digne de l'affamée qu'elle est. C'est tout juste si elle prend le temps de mastiquer avant de l'avaler et d'en reprendre une deuxième, puis une troisième.

Une petite gorgée d'eau pour faire passer le tout et hop ! elle ouvre grand la bouche pour y accueillir une quatrième bouchée, mais une vibration contre sa cuisse suivie d'une brève sonnerie la fait sursauter. Elle passe près d'en échapper son sandwich, mais resserre sa prise juste à temps. Fiou !

Sa main sonde la poche latérale de son panta-lon de pyjama à la recherche de son téléphone cellulaire. C'est bien ce qu'elle pensait :

Vous avez reçu un nouveau message.

« J'espère que tu l'as gagnée, ta compé, parce que je suis rentrée chez moi. ;) Appelle-moi quand tu pourras. xox. L. »

Annabelle relit le texto maintes et maintes fois pour s'assurer qu'elle n'est pas victime de son imagination tordue. Il n'y a toutefois aucun doute possible quant à l'identité de l'expéditrice.

Elle compose le numéro de sa meilleure amie comme une automate, malgré l'appel de l'animateur annonçant la fin de la période de dîner et, par conséquent, la reprise de l'épreuve.

— OK, c'est le temps ou jamais de finir vos assiettes! On demanderait tous les skateurs et la skateuse autour du *course* pour le début du troisième *set*.

Le téléphone plaqué contre son oreille, l'adolescente à rastas voit quelques-uns de ses adversaires se diriger vers l'arène. Une sonnerie, puis deux… trois… quatre… Ce n'est qu'après la cinquième, au moment même où Annabelle s'apprête à raccrocher pour rejoindre les autres participants, que Léa répond enfin:

— Allô? Nana, c'est toi?

— Oh, Léa! Oui, c'est moi…, commence Annabelle avant que sa voix ne se brise en un vilain trémolo.

Il y avait si longtemps que son amie ne l'avait pas appelée comme ça, si longtemps qu'elle n'avait pas daigné prendre ses appels. Cela fait beaucoup trop d'émotions d'un coup pour Annabelle.

Pour éviter qu'elles ne tombent dans le piège du mélo, Léa décide de mettre à contribution son arme de prédilection : le sarcasme.

— Eh ben ! Je pensais pas que tu rappellerais aussi vite…

— Franchement, Léa ! À quoi tu t'attendais ? Ça fait un mois et demi que tout le monde te cherche !

Tout se bouscule dans sa tête. Elle aurait tellement de questions à poser à l'amie, mais aussi tellement de reproches à faire à la fugueuse. « Il serait préférable de la ménager pour ne pas lui faire regretter son retour à la maison », suppose-t-elle, sauf qu'elle ne se résout pas à être tendre avec Léa. Ce serait un peu comme lui pardonner sa fugue, non ?

« Comment as-tu osé disparaître aussi long-temps sans donner de tes nouvelles à ta famille et à tes amis ? » rage-t-elle en son for intérieur.

— Je m'excuse pour tout ce que je vous ai fait endurer…, avoue enfin Léa.

— C'est correct, concède Annabelle. L'important, c'est que tu ailles bien. Comment tu te sens, maintenant que t'es rentrée ?

— Je sais pas trop… Soulagée, je pense.

— Je suis tellement contente de t'entendre, t'as pas idée !

— Moi aussi, Nana. Tu m'as manqué.

Derrière elle, Annabelle entend la nouvelle tentative de l'animateur pour rassembler les participants. C'est donc à contrecœur qu'elle dit à son amie :

— Je vais devoir te laisser. Il faut vraiment que j'y retourne… La compé est pas encore finie.

— Je comprends. T'as encore du pain sur la planche, si tu veux gagner !

— Ouais…

— Ça m'a fait du bien de te parler.

— Moi aussi…

Annabelle regarde la pointe de ses souliers en piteux état pour trouver le courage de lui demander :

— Léa-a ?

— Quoi-oi ?

— Est-ce que c'est mon message de ce matin qui t'a convaincue de rentrer ?

— Ben… disons que j'y pensais depuis un bout, mais… je crois que c'est ça qui a achevé de me convaincre, ouais.

— Est-ce que Tommy est rentré avec toi ?

— Non… il est resté à Montréal.

— Pis toi, t'es retournée comment à Pont-Rouge ?

— Je te raconterai ça la prochaine fois qu'on se verra, OK ? élude Léa.

— OK. L'important, c'est que tu ailles bien, répète-t-elle.

— …

— Je te promets de venir te voir dès que possible.

— …

— Léa ? T'es toujours là ?

— Oui… Écoute, Annabelle. Je veux pas que tu t'inquiètes, mais quand tu vas venir me voir à Québec, ça se peut que… ça se peut que je sois à l'hôpital…

— Hein ? COMMENT ÇA ?

Mais Léa a déjà raccroché.

18

« L'important, c'est qu'elle soit vivante. Le reste, on s'en fout. »

Après avoir passé cet appel, Annabelle s'est senti pousser des ailes. Et sans le savoir, elle s'est mise à ressembler à Xavier-le-faucon-crécerelle.

Pendant qu'elle rejoint les autres dossards orange, les participants du premier groupe bouclent leur troisième et dernier tour de qualification avant la finale. L'animateur agrémente leur performance de ses remarques saupoudrées de blagues bien rythmées, mais Annabelle préfère ne pas l'écouter. Elle veut rester concentrée en attendant patiemment le signal de départ, non loin de ses quatre adversaires, ignorant les sourires désespérés de l'enragé de Félix-Léclair.

Puis les choses s'enchaînent à un rythme d'enfer à partir du moment où le fameux signal est donné. Il ne reste maintenant plus que six secondes avant la fin de sa troisième *run*. Annabelle sait que cette minute est décisive quant à sa place en finale.

Curieusement, elle n'a qu'un vague souvenir des figures qu'elle vient à peine de réaliser, tellement elle a l'impression de flotter au-dessus de son corps. C'est comme si c'était une autre qu'elle qui roulait plus bas, en parfaite maîtrise de soi, sans qu'elle-même ait véritablement conscience de ses déplacements. Durant les cinquante-quatre premières secondes, la jeune skateuse a exécuté ses figures avec aisance et fluidité, embrassant les modules de sa planche telle une funambule somnambule.

Elle se regarde à présent attaquer le *curb* de biais de façon à ce que l'axe avant de sa planche glisse contre l'arête du solide comme une douce et brève caresse. *Frontside crooked grind* réussi.

Les soixante secondes sont écoulées. Les dossards orange doivent maintenant libérer le parcours afin de céder la place aux dossards rouges. Alors que Xavier se dirige vers elle, Annabelle lui adresse un signe que lui seul peut comprendre. Une invitation à réaliser la charmante cabriole qu'ils ont élaborée ensemble au Taz de Montréal à une époque bien lointaine, il lui semble.

Le Roux acquiesce en roulant, le visage illuminé d'un large sourire innocent. Message reçu. Ils foncent droit l'un sur l'autre, les yeux rivés sur le *rail* qui se dresse entre eux et dont ils se rapprochent dangereusement.

Une fois rendus aux abords du module, plutôt que d'y embarquer avec leur planche pour *slider* ou *grinder* contre le tube métallique comme il se devrait, les deux amis bondissent au-dessus de l'obstacle en se donnant un *high five* pour atterrir aussitôt de chaque côté du *rail*, les deux pieds sur leur skate, avant de poursuivre leur chemin dans deux directions opposées. Une sorte de chassé-croisé joliment exécuté.

Or, contrairement au public qui applaudit cet élan de complicité, l'animateur juge leur comportement déplacé, et il ne se gêne pas pour le leur signifier :

— Le *set* est pas fini. Je veux voir personne sur le *course*. Pas de *skating* entre les *heats*, les gars.

— HÉ ! proteste Annabelle, plus pour elle-même que pour l'animateur, ce qui fait tout de même rigoler ce dernier.

— Et la fille !

La skateuse à rastas lui fait une grimace irrévérencieuse qui aurait pu le choquer, mais qui le rend au contraire encore plus hilare. Le caractère bien trempé de cette adolescente lui plaît ; c'est pourquoi il ne s'offusque pas d'un tel comportement.

Les deux derniers groupes complètent ensuite leurs circuits respectifs sans anicroche. Xavier livre sa meilleure performance de la journée grâce aux conseils avisés que lui a donnés BD pendant l'heure du dîner.

Une fois le troisième *set* terminé, la musique s'interrompt brusquement pour permettre à l'animateur d'annoncer :

— OK… Les juges ont fini de délibérer, je vais donc ENFIN pouvoir vous dévoiler le nom des *riders* qui se rendent en finale. Hé! Hé! Êtes-vous prêts ?

— Ouais! répond timidement le public.

— J'ai rien entendu. Un p'tit effort, s'il vous plaît! ÊTES-VOUS PRÊTS ?

— OUUAAIIIS! redit l'assistance d'une seule et même voix, mais bien plus fort, cette fois.

— Hé! Hé! Là, tu parles! Bon, bon, bon. J'aimerais voir sur le *course*… euh…

L'animateur parcourt sa fiche en clignant plusieurs fois des yeux. Il paraît abasourdi l'espace d'un instant, mais retrouve aussitôt sa contenance pour énumérer :

— Simon Bonin et Charles-Olivier Hamel de la polyvalente Félix-Léclair…

Il fait une pause pour laisser le temps aux partisans d'acclamer les élèves de Repentigny qui ont été choisis.

— Du côté de l'école des Cascades, nos chers juges aimeraient voir sur le *course*… euh… (nouveau regard en direction de son carton) Xavier Lebel… Anna «Bébelle» Poitras… et le dernier, mais non le moindre, Jacob «Voyou» Voyer.

Annabelle et Xavier n'en reviennent tout simplement pas! Ils se regardent pendant un moment sans comprendre, la bouche grande ouverte et les yeux écarquillés. C'est finalement la jeune fille qui sort de sa torpeur la première pour s'élancer vers le rouquin et le secouer comme un pantin.

— On passe en finale! On passe en finale! C'est trop fou! Xav, on passe en finale!

— Ouais, je sais, c'est malade! réagit enfin le Roux en bondissant sur place, comme son amie.

— Oups… Attends. Je… je me sens pas très bien…., fait-elle en blêmissant d'un coup.

Annabelle recule pour s'essuyer le front du revers de la main.

— Je pense que… moi non plus, admet Xavier.

Heureusement qu'il a pu s'étaler une couche d'écran solaire en cachette durant le dîner grâce aux précautions d'Ophélie, sinon il aurait cuit comme un petit poulet frit sous le soleil de midi. Sa peau est tellement sensible qu'un extincteur ne suffirait pas pour soulager le feu qui irradie son épiderme.

— En tout cas, t'es vraiment rouge, fait remarquer Annabelle.

— Pis, toi, t'es vraiment blanche.

L'adolescente a visiblement un peu trop forcé sur les épanchements. Et le fait qu'elle n'ait pratiquement rien avalé de la journée n'est sans doute pas pour aider...

Tandis que les cinq finalistes se livrent une chaude lutte sur le circuit, l'animateur poursuit son laïus avec l'enthousiasme d'un enfant qu'on aurait laissé jouer dans une piscine de balles multicolores trop longtemps. Disons qu'il est à la limite d'être assommant : « Oh ! *Backside* big flip frontboard* sur le *rail*... » « Une bonne main d'applaudissements pour "Voyou" Voyer. C'était complètement *sick* ! *Good job*, Jacob ! » « *50-50 all the way*, mon chum ! On veut voir ça ! » « *Backside 50-50*... Oh ! *50-50* en *backside* sur le bord du... sur le bord du *landing*. » « Yé ! Il l'a enfin *landé*, son *kickflip* ! »

Il y a même un concurrent de la polyvalente Félix-Léclair qui fait des flammèches avec sa planche... c'est-à-dire qu'il prend de la vitesse, puis effectue plusieurs virages tellement serrés que la friction du skate sur l'asphalte produit des étincelles. On est loin de la magie, mais n'empêche que, pour les effets spéciaux, les spectateurs sont plutôt bien servis.

— On s'enligne pour les derniers trucs…, annonce l'animateur, littéralement à court de rimes ou de blagues pour les dérider.

Annabelle repense à ce que Zac Boots lui a dit après avoir remporté la victoire au Ride Shakedown de Saint-Sauveur : « J'ai pensé à ce nouveau truc là durant la dernière *run*. Je l'avais pas essayé du tout, mais j'ai décidé de suivre mon instinct… J'ai quand même réussi à le *lander*, pis j'ai gagné. Je serais sûrement pas monté sur le podium si j'avais pas essayé ! Je pense qu'il faut toujours faire confiance à son instinct. »

C'est le moment ou jamais pour elle de tenter le tout pour le tout. Elle passe en flèche devant son ami roux en visant le *curb* et entreprend un *backside nosegrind revert** qu'elle accomplit avec précision.

Et c'est ainsi que se termine la compétition. DÉJÀ ! Le temps passe si vite quand on s'amuse…

— C'est maintenant l'heure d'annoncer le choix des juges ! Je pense que la décision a vraiment pas été facile à prendre. On a eu droit à un sacré bon show, pas vrai ?

— OUAIS ! clame la foule (qui commence à y prendre goût).

— Hé ! Hé ! Il faut dire que le calibre était assez fort, merci ! Mais il y a quand même trois skateurs qui se sont encore plus démarqués que les autres, à en croire notre charmant jury…

Alors, ça va comme suit: en troisième position, un skateur extrêmement charismatique, mais aussi très technique, qui a su nous épater avec son *boneless** sur le *spine* et son époustouflant *switch back 180° nosegrind* en finale, pour ne nommer que ceux-là. Et tant qu'à nommer les *tricks* qu'il a *landés*, aussi bien nommer le gars aussi. Hé! Hé! Il s'agit de Charles-Olivier Hamel, mesdames et messieurs!

Sous les applaudissements, le garçon aux cheveux blonds lève sa planche au-dessus de sa tête, bien haut dans les airs, en signe de victoire. Cette place sur le podium semble le satisfaire.

— En deuxième position, un *rider* solide qu'on verra sûrement dans les pages du magazine *Exposé* un de ces jours parce qu'il a tous les atouts pour devenir un VRAI DE VRAI voyou… et j'ai nommé Jacob «Voyou» Voyer!

L'élève de quatrième secondaire de l'école des Cascades se tourne vers l'assistance en sortant la langue et en la pointant à la façon d'une célèbre vedette du rock.

— La première place va à une personne qui a surpris nos chers juges tout au long de la compétition par sa fluidité et sa constance. Une vraie petite boule d'énergie. Une future star de la scène québécoise, a même prédit le jury. J'ai le plaisir de vous annoncer que le grand gagnant d'aujourd'hui est en réalité…

La fin de sa phrase se perd dans le grondement assourdissant du tonnerre. Quelques secondes plus tard, un éclair spectaculaire strie le ciel pour rappeler le passage de son frère, le tonnerre. Il manque pourtant un élément pour compléter l'inséparable trio infernal… La cousine-pas-fine des deux autres, synonyme d'ennui, de chaussettes humides, d'affreuses mises en plis (et de bien d'autres choses encore) : la pluie.

L'animateur ouvre la bouche pour parler, mais il se ravise en clignant des yeux alors qu'une vilaine goutte ose s'attaquer à sa cornée. Or, les gouttes ne se déplaçant jamais seules, la moins gênée invite toute sa famille à la rejoindre.

Moins d'une minute plus tard, il pleut littéralement à torrents, comme des milliers de cordes tombant du ciel… Ludovic arrache le micro des mains de l'animateur pour convier les participants et les spectateurs à le suivre au gymnase de l'école. Il n'a pas pris le temps de demander la permission à la directrice ; il se doit d'agir vite, avant que le mauvais temps ne fasse fuir les gens.

L'averse ne devrait pas durer bien longtemps, mais il ne peut tout simplement pas se permettre de pousser sa chance en attendant le retour éventuel du soleil.

19

Le temps qu'ils pénètrent dans l'établissement pour aller se réfugier au gymnase, à l'abri des intempéries, ils sont déjà tous trempés comme des lavettes, dégoulinants de la racine des cheveux jusqu'au bout des orteils.

Des flaques d'eau se forment ici et là aux pieds des gens : jeunes et vieux, petits et grands, maigres et corpulents. Comme quoi, la nature s'oppose fermement à toute forme de discrimination.

Ludo redoute d'avoir perdu quelques spectateurs en chemin, l'événement tirant déjà à sa fin. Il ne reste plus qu'à récompenser les grands gagnants de la journée, et ces derniers pourront enfin aller festoyer. L'adolescent se décide à prendre la parole en voyant le signe que lui adresse son père : le pouce en l'air pour lui indiquer qu'il n'y a plus personne derrière. En effet, c'est Michel qui fermait la marche en compagnie de Robert, le père de Sam, et des parents adoptifs de Mathis.

— Je vous inviterais à vous approcher, s'il vous plaît, demande l'organisateur avec sérieux, d'une voix qui se veut forte et assurée. On n'a malheureusement pas de micro à l'intérieur. Ça fait que je vous demanderais de garder le silence le temps que Ben, notre sympathique animateur, nous annonce celui ou celle à qui nos juges ont choisi de décerner la première position.

Ludovic fait signe à l'animateur de s'avancer. Le pauvre jeune homme fait peine à voir avec ses cheveux étalés en vadrouille sur sa tête. À croire qu'à force d'être fou comme un balai, l'aspirant rappeur s'est découvert des affinités avec les aspirateurs et autres produits d'entretien ménager!

— Bon. Comme je disais tantôt, j'ai le plaisir de vous annoncer que le grand gagnant d'aujourd'hui est en réalité une… GRANDE GAGNANTE. La seule fille qui a eu le courage… ou devrais-je dire, les couilles, au risque d'être vulgaire, de s'inscrire à l'épreuve *X-treme* — *Skateboard* de la compétition «Planches d'enfer». Une bonne main d'applaudissements pour Annnnnnnnabelle Poitras!

Avec autant de «n» dans son nom, la jeune fille a bien failli louper son ovation. Mais c'était sans compter sur ses amis qui l'assaillent aussitôt pour la soulever à bout de bras comme le font les joueurs de la LNH qui remportent la coupe Stanley, à la différence près qu'elle N'EST PAS un trophée!

Cela dit, Sam pourrait aisément démentir cette théorie, puisqu'à ses yeux, la belle blondinette vaut certainement toutes les médailles d'or et les trésors du monde.

— Gros remerciements à tous les participants, à tous les commanditaires et à l'organisateur, évidemment! conclut l'aspirateur… euh… l'animateur.

Un attroupement se forme autour d'Annabelle, que tous tiennent à féliciter, à commencer par son jeune frère et sa petite sœur, totalement survoltés à l'idée que leur aînée soit couronnée grande vedette de la journée. La jeune skateuse à l'avenir prometteur se voit alors couverte d'honneurs, mais aussi d'une multitude de prix : nouveau skate dernier cri, chèques-cadeaux, genouillères et casque, ainsi que quatre jours toutes dépenses payées dans un camp de skate avec ses deux coéquipiers et amis. De quoi faire crever Xavier de jalousie.

Pourtant, celui-ci est étrangement détendu en dépit du fait qu'il soit déçu. Pour le consoler, sa mère lui flatte les cheveux, ce qui a pour conséquence de l'énerver. Il entend alors le père de Loïc et de Ludovic proposer :

— Qu'est-ce que vous diriez d'un bon souper au restaurant, toute la gang ?

— C'est une excellente idée ! s'enthousiasme aussitôt Jo Ann, la mère de Xavier, ce qui n'est pas sans surprendre ce dernier.

Pas plus tard qu'avant-hier, elle lui a piqué une crise lorsqu'il lui a demandé s'il pouvait s'inscrire à un camp de skate cet été. « Tu sais bien qu'on n'en a pas les moyens ! Déjà que je dois économiser pour tes broches et pour les cours de chant de ta sœur. Vous êtes en train de me ruiner, c'est pas des farces ! » avait-elle protesté. Pourtant, si elle lui avait demandé son avis, Xavier lui aurait clairement fait comprendre qu'entre une bouche en métal et un camp absolument « débile mental », il préférerait sans contredit avoir des dents croches et un pseudo-menton fuyant toute sa vie !

Bref, il ne peut s'empêcher de se questionner sur cet oubli momentané de leurs problèmes financiers.

— Je vous aurais bien suggéré d'aller sur une terrasse, mais je suis pas certain que ce soit la bonne journée ! ajoute Michel en riant.

Les adultes semblent trouver la remarque follement amusante, contrairement aux jeunes qui roulent les yeux en affichant, pour la plupart, une mine quasi arrogante. Le père Delorme poursuit sur sa lancée, encouragé par l'attitude complice des plus âgés :

— Par contre, je connais une bonne petite pizzeria, pas trop loin d'ici, en direction de Saint-Alphonse…

Durant une fraction de seconde, Loïc craint que son père ne fasse allusion à la pizzeria qui plaisait tant à sa mère, celle où Michel ne les emmène, ses frères et lui, qu'une fois par année pour honorer la mémoire de Sophie.

Mais ses doutes disparaissent instantanément quand son père prononce le nom d'un restaurant italien dont il n'a jamais entendu parler.

Malheureusement pour lui, cet état d'apaisement ne sera que de courte durée.

Ils ont dû s'arrêter dans trois restaurants différents avant de trouver un établissement suffisamment spacieux pour accueillir un groupe de vingt personnes sans réservation. Par chance, ils ne sont pas arrivés en pleine heure d'affluence, sinon Loïc n'ose même pas imaginer dans quel type de boui-boui ils se seraient retrouvés, faute de mieux.

Le resto qui leur ouvre ses portes malgré l'heure — bien trop tard pour dîner, un peu trop tôt pour souper — est à l'image de ses propriétaires : d'une propreté douteuse. Et c'est sans parler des chandeliers qui tiennent difficilement sur les murs miteux.

Dix minuscules tables chambranlantes recouvertes de nappes en plastique à carreaux ont été alignées pour permettre aux membres du groupe d'être tous réunis autour d'une seule et grande tablée. Mais bon… l'important, comme on dit, c'est d'être bien accompagné. Et pour ça, BD doit reconnaître qu'ils sont plus que choyés.

L'atmosphère est électrique, survoltée. Tous n'ont que de bons mots à l'égard d'Annabelle et de sa performance exemplaire (dont elle n'a pourtant pas un souvenir très, très clair). En dépit de sa quatrième position au classement, Xavier récolte également sa part de félicitations, tel un baume pour soulager sa déception.

Quand tout le monde a été servi, juste après le « bon appétit » de circonstance, Mathis et Ophélie décident, d'un commun accord, de lever le voile sur leur relation. C'est Mathis qui se lance :

— Ah hum ! J'aimerais avoir votre attention, tout le monde.

L'effet est instantané. Tous se taisent pour le laisser parler, bien moins dissipés qu'il ne l'aurait pensé. Mathis aspire une grande bouffée d'air pour trouver la contenance nécessaire.

— C'est juste pour vous dire que… ben… qu'Ophélie et moi, on n'est pas juste partenaires d'Expo-sciences. Voilà.

— Si c'est pour nous apprendre que c'est vous qui avez fait le coup à l'épicerie, perds pas ta salive pour ça. On le sait déjà, riposte Xavier d'un air blasé.

— Non. Ce que Mat veut dire, c'est qu'on sort ensemble, lui et moi. Comme des amoureux.

Autour de la table, la réaction ne se fait pas attendre.

Loïc en échappe même sa fourchette, tellement il est surpris par la révélation. Sauf qu'il est bien loin de se douter qu'une surprise autrement plus choquante l'attend sous la table. En se penchant pour récupérer l'objet parmi les saletés qui jonchent le plancher, BD remarque un mouvement, de l'autre côté. Ce qu'il voit alors lui glace le sang. Une main de femme posée sur la cuisse de son père. Celle de Jo Ann, la mère de Xavier.

Dès qu'il se relève, il a le réflexe de se tourner vers son voisin de droite pour lui confier :

— Xav, tu me croiras peut-être pas, mais… euh…

— Mais, quoi? demande prestement le rouquin avec un intérêt mal dissimulé.

Il n'en fallait pas plus pour attiser sa curiosité… et celle de tous leurs amis, à côté. BD se ravise en réalisant qu'il serait préférable d'attendre pour en discuter avec le rouquin en privé.

— Non, rien…

— Ben, là !

— Non, rien, je te dis…

— BD, je pense que t'es le pire menteur de la planète-eu ! le nargue Fabrice, même s'il est tout aussi impatient que Xavier de recueillir ses mystérieux aveux.

Et s'il avait tout bonnement imaginé cette main manucurée caressant la jambe de son père? Pour en avoir le cœur net, Loïc fait mine d'échapper de nouveau sa fourchette en se disant qu'elle est déjà sale et qu'il ne la remettra certainement pas dans sa bouche, de toute façon.

Précaution inutile, puisque les mains de Jo Ann sont désormais sagement posées sur la nappe carreautée.

— Coudonc, fiston, est-ce que ta fourchette est vivante? lui lance Michel, à la blague.

Encore une fois, la tentative d'humour paternelle fait mouche auprès des adultes. Mais Loïc n'est pas dupe. Au-delà de l'apparente légèreté qu'affiche Michel, la lueur de nervosité qu'il croit déceler dans son regard semble toutefois bien réelle.

TROISIÈME PARTIE

ÉTÉ

20

Annabelle a toujours détesté les hôpitaux — l'odeur de maladie et de désinfectant, les murs peints dans des tons pastel déprimants, les regards souffrants et les râles d'agonie des patients —, mais elle doit reconnaître que le Centre de pédopsychiatrie du CHUQ à Québec est bien plus invitant que les autres (rares) hôpitaux qu'elle a visités.

Vu de l'extérieur, l'établissement ressemble étrangement à un couvent de bonnes sœurs avec sa noble façade de briques brunes et la jolie fontaine érigée à l'entrée. Sous le soleil radieux de ce dimanche de mai, Annabelle a l'impression d'avoir été transportée soixante ans en arrière, à l'époque des pensionnats dont lui a si souvent parlé son grand-père. Mais la réalité la rattrape bien assez vite.

« Je vais bientôt revoir Léa », se répète-t-elle pour la millième fois depuis leur départ, quelque deux cent cinquante kilomètres plus tôt. Difficile, toutefois, de décrire avec précision le cocktail d'émotions que cette seule pensée fait naître en elle. Annabelle n'ose pas l'avouer, mais la perspective de cette visite la terrorise, son cœur oscillant entre soulagement et angoisse, tristesse et impatience.

Sa mère et elle n'ont pratiquement pas parlé durant le trajet Rawdon-Québec, n'échangeant que des banalités pour meubler le silence. Si l'adolescente n'a pas cherché à savoir pourquoi Léa a été hospitalisée, c'est qu'elle l'avait déjà compris par intuition. Elle l'avait deviné avant même de surprendre, malgré elle, la discussion qu'ont eue Jeanne et Marie hier, après le souper ayant suivi la compétition. Il n'est pourtant pas dans ses habitudes d'écouter aux portes ou d'épier les conversations téléphoniques de ses parents (d'abord parce que ça l'ennuie profondément), mais, cette fois, elle n'a pas pu s'empêcher d'écouter jusqu'au bout pour obtenir la confirmation de ce qu'elle avait pressenti.

Léa souffre d'anorexie. Les troubles avaient commencé bien avant sa fugue, mais les conditions misérables dans lesquelles elle a vécu à Montréal n'ont fait qu'aggraver son état de santé.

Mère et fille se dirigent vers l'accueil d'un pas pesant. Une femme corpulente et bichonnée comme un chien de concours les y attend.

— Bonjour. Qu'est-ce que je peux faire pour vous, mes petites dames?

— On cherche le département des troubles alimentaires, annonce Jeanne avec un pâle sourire qu'on devine forcé.

Annabelle sent les petits yeux indiscrets de la dame s'attarder sur elle, sans doute pour y déceler les stigmates quelconques d'une mauvaise alimentation. Elle soutient son regard, effrontée, avec l'intention bien avouée de la provoquer. La femme se renfrogne et demande promptement :

— Êtes-vous envoyées par un médecin traitant ?

— Non, non. Ma fille vient visiter son amie.

— Très bien. Vous n'avez qu'à suivre les indications, leur déclare-t-elle d'une voix monocorde en pointant son gros doigt boudiné en direction d'un panneau, non loin des ascenseurs.

— Merci pour votre aide.

Elles ne mettent pas plus de cinq minutes à trouver l'aile dans laquelle devrait être Léa. Dès que la porte d'ascenseur s'ouvre sur un couloir grouillant d'infirmiers et d'infirmières (où sont donc les médecins ?), Annabelle et sa mère se fraient un passage parmi le personnel en cherchant des yeux le seul visage familier qu'elles ne tardent pas à repérer.

Dès qu'elle les aperçoit, Marie s'empresse de les rejoindre sans même chercher à dissimuler son chagrin. Annabelle reste en retrait tandis que les deux femmes s'étreignent.

— Elle veut pas me voir, aujourd'hui... Elle veut pas voir Marc non plus. Elle nous en veut parce qu'on a donné notre accord pour son hospitalisation, même si elle nous avait supplié de refuser, leur confie Marie, totalement démunie.

Elle s'abstient cependant de préciser que sa fille a piqué une telle crise à leur arrivée que les infirmières ont dû lui administrer un calmant de peur que l'adolescente ne s'épuise trop à force de hurler. Depuis le début de la journée, le seul membre de la famille que Léa a autorisé à entrer dans sa chambre est Thomas, son grand frère adoré. Mais le pauvre en est sorti tellement bouleversé que son père lui a aussitôt offert d'aller se ressaisir à la cafétéria devant un bon café fumant.

Jeanne passe sa main dans le dos de Marie en lui soufflant :

— Laisse-lui le temps. Elle traverse une période difficile…

— Comment ça se fait que j'aie rien vu venir ? Je veux dire : pour la fugue, mais aussi pour tout le reste… Comment j'ai pu être aussi aveugle ?

— Tu pouvais pas savoir. Tu sais comment nos filles sont bonnes pour nous cacher des choses ! tente Jeanne dans l'espoir d'apaiser sa culpabilité.

— J'aurais quand même dû me douter de quelque chose ! Au lieu de m'inquiéter de la voir maigrir, j'étais fière qu'elle commence enfin à se maquiller et à soigner son apparence…

Annabelle mordille l'intérieur de sa joue, ne sachant trop où se mettre. Devinant son embarras, Marie l'encourage à entrer :

— Va la voir. Je suis sûre que ça va lui faire du bien, de savoir que tu es là.

La mère de son amie a sans doute raison, pourtant, Annabelle hésite. Et si Léa refusait de la voir, elle aussi ? Elle aurait sans doute bien du mal à s'en remettre… Mais la seule façon de s'en assurer est de prendre le risque. La jeune fille pousse donc la porte d'une main tremblante, ne sachant trop à quoi s'attendre. Ce qu'elle voit lui glace le sang. Il lui prend l'envie subite de rebrousser chemin, mais elle est déjà trop engagée pour reculer.

Léa paraît tellement vulnérable ainsi alitée, les yeux mi-clos, reliée à une poche de soluté qui s'écoule lentement dans ses veines pour l'alimenter[27]. Son amie a néanmoins bien meilleure mine que la dernière fois qu'elles se sont vues. Ses joues, bien qu'elles soient toujours aussi creuses, ont retrouvé leur jolie teinte rosée. Les cernes violacés sous ses yeux se sont atténués.

Annabelle sent le regard fiévreux de Léa la scruter. Elle la croyait pourtant endormie…

— Nana… t'es venue, murmure son amie d'une voix étrangement rauque.

---

27 C'est du moins ce qu'une infirmière lui avait expliqué alors qu'Annabelle était au chevet de son grand-père Lionel.

— Je te l'avais promis.

— Je sais, reconnaît Léa. Ma mère m'a dit pour la compétition. Je suis fière de toi.

— Merci… C'est un peu grâce à toi, t'sais. J'espérais tellement que tu m'écouterais.

— Ben, tu vois, t'as gagné sur toute la ligne ! la taquine Léa d'une voix faible, mais franche.

Elle tapote le matelas du plat de la main pour lui faire signe de venir s'asseoir auprès d'elle. Annabelle ne se fait pas prier. Depuis le temps qu'elle attendait de la revoir saine et sauve. Et la voilà en chair et en os… mais en os, surtout. La jeune skateuse ressent une violente douleur en découvrant, sous les draps, la silhouette chétive, quasi squelettique de Léa.

Elle trouve enfin la force de demander :

— Ça va ?

— J'ai connu mieux… Toi ?

— Pas pire. Je…

Annabelle voudrait ajouter quelque chose, mais les mots restent coincés dans sa gorge.

« Pleure pas. Pleure pas. Pleure pas », essaie-t-elle de se convaincre, sans succès. Les larmes sillonnent déjà son visage.

Léa soupire.

— Écoute, Annabelle, si t'es venue ici pour me prendre en pitié comme les autres, t'es aussi bien de partir.

Son amie n'a manifestement pas perdu son cynisme et son mordant.

— 'Scuse. Je… je m'étais promis de pas pleurer, mais… c'est plus fort que moi. Pourquoi tu m'as rien dit, Léa?

— Qu'est-ce que ça aurait donné? T'habites à trois heures de route. T'aurais rien pu faire pour m'empêcher de partir.

— J'aurais pu t'écouter. Te dire ce que j'en pensais.

— Je savais déjà ce que t'en penserais, je te connais. Je savais que tu me jugerais…

— Je t'ai jamais jugée, Léa!

— Hé, prends-moi pas pour une épaisse! Tu penses que j'ai pas vu la face que t'as faite quand t'as su que je sortais avec Tommy? Pis tu penses que je me suis pas rendu compte de la façon que t'avais de regarder mon habillement? On dirait que ça te dérange que je commence à m'arranger comme une vraie fille. T'as tellement peur du changement que t'oublies de grandir, des fois. Mais, que ça te plaise ou non, on n'a plus neuf ans!

Les paroles blessantes de son amie d'enfance l'atteignent droit au cœur. Une flèche empoisonnée la transperce d'une violente douleur. «Elle se prend pour qui, au juste?» s'offusque-t-elle avant de lui mettre la vérité sous le nez, juste pour se venger:

— Est-ce qu'il va venir te voir, au moins?

— Qui?

— Tommy.

— …

— Ça veut dire non?

— On n'est plus ensemble.

— Ah…

— C'est tout ce que ça te fait?

— Ben, quoi? Tu voudrais que je saute de joie?

— C'est comme ça que ma mère a réagi, en tout cas…

— Tu me niaises?

— Un peu, avoue Léa d'un air espiègle et totalement attendrissant auquel Annabelle ne saurait résister.

La jeune fille à rastas éclate d'un rire franc, libérateur et, surtout, hautement contagieux. Les deux adolescentes se laissent aller à la rigolade, comme au bon vieux temps. L'espace d'un instant, Annabelle a l'impression de revivre l'insouciance de ses dix ans, quand les garçons n'étaient que des amis à qui elles en faisaient baver avec leurs talents de skateuses, et non avec leurs courbes féminines trop (ou trop peu) généreuses…

— Qu'est-ce qu'il s'est passé pendant que t'étais à Montréal?

— Bah, pas grand-chose, pour être honnête.

Devant la mine sceptique de sa meilleure amie, Léa croit nécessaire d'ajouter :

— Au début, je trouvais ça cool, la liberté. Le cousin de Tommy nous hébergeait chez lui gratuitement. Tout ce qu'on avait à payer, c'était notre bouffe. On allait flâner en ville… le jour, le soir, quand on voulait. C'était relax. Tommy s'est mis à passer de plus en plus de temps avec ses cousins pis leurs amis. Il a commencé à jouer au poker avec eux deux ou trois fois par semaine… sauf qu'on a commencé à manquer d'argent, ça fait qu'il s'est trouvé du travail. Entre la job, les amis et les parties de poker, c'est à peine s'il avait du temps pour moi. On n'était presque jamais seuls tous les deux, pis moi, ben… je commençais à trouver les journées longues… Quand je lui ai dit que je comptais retourner à Pont-Rouge en faisant du pouce, il a même pas essayé de me retenir.

— T'as QUOI ?! réagit brusquement Annabelle.

Mais elle se ravise aussitôt. La dernière chose dont a besoin son amie à cet instant précis, c'est bien qu'on lui fasse la morale.

Léa ferme les yeux, en proie à une immense fatigue. Annabelle sait qu'elle devrait faire un geste pour la consoler ou, du moins, dire une phrase susceptible de ressusciter l'éternelle optimiste qui sommeille en elle, mais rien ne vient.

— Je… je sais pas quoi te dire.

De toute façon, il serait inutile d'ajouter quoi que ce soit… Son amie dort à poings fermés. Comme un bébé. Annabelle descend du lit, aussi doucement que possible pour ne pas tirer Léa de son sommeil paisible.

Elle lui envoie tout de même un bec soufflé avant de murmurer :

— Je reviens te voir dimanche prochain, promis.

Puis elle quitte la chambre, sans bruit.

21

Le dimanche suivant, pendant la deuxième visite d'Annabelle à l'hôpital, dans la même province, mais plus à l'ouest (et sans cette horrible odeur de désinfectant)...

Même si leurs parents respectifs refusent catégoriquement de leur permettre les baignades hors saison, les garçons ont planifié leur première saucette de l'année sans leur approbation. Ils voulaient profiter de leur dimanche pour aller au lac Pierre, dans la mesure où les conditions météorologiques s'avéreraient favorables aux sorties en plein air. Par chance, l'imprévisible dame Nature a décidé de berner les charlatans météo en épargnant la région de Lanaudière pour une deuxième fin de semaine consécutive.

Aux dernières nouvelles, ce sont les villes de Laval et de Terrebonne qui ont écopé du mauvais temps avec soixante-dix centimètres de pluie... Un bien pour un mal, sachant qu'en banlieue, rien ne vaut une bonne virée au centre commercial pour se mettre à l'abri et faire rouler l'économie. Mouais.

Ce que Sam, Loïc, Xavier, Mathis et Fabrice n'avaient pas prévu, en revanche, c'est que le soleil étonnamment radieux (pour une journée qu'on prédisait pluvieuse) inciterait autant de personnes à se masser[28] sur la plage municipale de Saint-Alphonse-Rodriguez.

La fine bande sablonneuse est littéralement noire de monde : des jeunes familles venues pique-niquer, des sportifs aux têtes grisonnantes s'affrontant dans une chaude partie de volley, quelques jolies filles qui, malgré la fraîcheur de l'air, ont déjà sorti leurs minijupes pour parader, sous prétexte de bronzer... En résumé, tous semblent y trouver leur compte, à l'exception des cinq garçons.

S'ils voulaient la paix, c'est raté.

Et comme c'est précisément ce qu'ils cherchaient, ils décident, d'un commun accord, d'enfourcher leur vélo pour parcourir le village en quête d'une nouvelle plage suffisamment déserte pour satisfaire leur instinct sauvage.

Direction le lac Rouge ou le lac Vert.

« Si le Rouge est trop noir (de monde), on va au Vert ! » Telle est leur stratégie.

---

28 Pas « se masser » dans le sens de « massage », évidemment, mais bien dans le sens de « s'attrouper ». Les habitants du village ont beau être plutôt familiers les uns avec les autres, ils se gardent tout de même une petite gêne !

Ils aboutissent finalement au lac Vert moins de dix minutes plus tard, le visage ruisselant à force d'avoir pédalé comme des malades, juste pour le plaisir de s'imposer un petit défi entre amis. Bien que Fabrice soit l'instigateur de ce challenge improvisé, c'est Mathis qui atteint la bande riveraine le premier, bientôt suivi des quatre autres, quelque peu essoufflés.

Le Français arrive bon dernier, mais comme il n'y a pas de quoi se vanter, il ne juge pas nécessaire de le souligner. Ses amis, eux, n'ont pas perdu de temps. Prévoyants, ils avaient enfilé leur *wetsuit* sous leurs vêtements, et ils sont par conséquent déjà prêts à se saucer.

— Le dernier à l'eau est une poule mouillée! proclame Xavier sans se douter qu'il est lui-même sur le point de se métamorphoser en petit poulet détrempé.

En effet, partant du principe que «celui qui le dit, celui qui l'est», ses amis le soulèvent de terre avec la ferme intention de l'envoyer en éclaireur dans les profondeurs. Un gigantesque «PLOUF!» aussi sonore que visuel vient perturber la tranquillité apparente du lac alors qu'une tête rousse disparaît sous la surface dans un gros bouillon.

Pendant qu'il resurgit pour reprendre son souffle, Xavier réalise qu'il a de la compagnie. Non seulement il voit Samuel, Mathis et Loïc s'ébrouer comme des chiens en sortant la tête de l'eau, non loin, mais il sent également un truc visqueux glisser contre sa jambe avant de passer son chemin.

Brrr! Il préfère ne pas imaginer ce que c'est…

L'eau est glacée. Sam propose quand même de jouer à « fais-moi tomber », un jeu vieux comme le monde dont ils ignorent le vrai nom, mais qu'ils ont baptisé ainsi parce qu'il consiste à s'affronter deux contre deux jusqu'à ce que l'un des joueurs perchés sur les épaules de son coéquipier parvienne à faire perdre l'équilibre à son adversaire pour qu'il tombe à l'eau… si possible dans un bruit de clapotement amusant.

Xavier est d'abord enchanté que son poids plume lui permette d'avoir une place en hauteur, hors de l'eau froide, et donc hors d'atteinte des créatures qui l'habitent. Sauf qu'il éprouve bien assez vite les désagréments d'être en position d'« attaquant » ou, plutôt, d'« attaqué »… Il se retrouve à l'eau si souvent qu'il lui prend l'envie d'y demeurer, juste pour être sûr de ne plus tomber.

« Comment est-ce qu'il fait pour toujours réussir à me déséquilibrer ? » peste le rouquin en sortant la tête de l'eau et en s'étouffant avec la gorgée qu'il vient d'avaler accidentellement. Samuel est vraiment en feu, et Xavier, lui, est littéralement en nage. Le combat ultime des quatre éléments — feu, eau, terre, air — se poursuit avec Mathis et Fabrice jouant respectivement les rôles du terre à terre et de la tête en l'air.

Tandis que ses amis s'amusent comme des fous à ce vieux jeu, Loïc attache à un arbre la corde de Tarzan qu'il a pris soin d'apporter (pour des heures de plaisir assuré!). Ce n'est qu'au moment où il s'apprête à sauter afin d'en tester la solidité qu'il remarque l'étrange coloration de l'eau pour la première fois.

— Euh… les gars?

Alerté par le ton de sa voix, le rouquin s'empresse de le rejoindre, trop heureux d'avoir un prétexte pour sortir de l'eau le temps de reprendre son souffle. Mais ce qu'il voit lui fait plutôt l'effet inverse. Une soupe verdâtre semblable à de la purée de petits pois s'agglutine contre les rochers de la bande riveraine.

— Ouache! C'est quoi, ça? s'exclame Xavier en reculant de quelques pas, livide.

Les trois autres approchent sans se presser, persuadés que le Roux s'inquiète encore pour rien. En découvrant l'espèce de bouillie couleur brocoli pourri, Mathis donne aussitôt son verdict:

— Je suis pas sûr, mais je pense que ce sont des algues bleues…

— Euh… ça me surprendrait: c'est vert!

— Les algues bleu-vert, c'est le nom qu'on donne à cette espèce de cyanobactéries.

— Ouin, ça s'appelle pas le lac Vert pour rien! ironise Sam.

Légèrement en retrait, Fabrice a les yeux braqués sur l'eau qui clapote contre les roches en contrebas.

— Les fillettes, venez voir… Ça fout les chocottes-eu!

Ce n'est pourtant pas la peur que fait surgir la vision qui s'offre alors à eux, mais un profond dégoût. Trois poissons et une grenouille flottent à la surface, boursouflés et inanimés.

Morts intoxiqués.

Le lendemain matin, durant le cours d'éducation physique.

Xavier peine à rester concentré sur le jeu. Il voit bien ses coéquipiers s'agiter devant le but adverse, à l'autre bout du terrain, mais son cerveau embrumé les perçoit comme de vulgaires taches de différentes couleurs pourchassant un minuscule point en mouvement.

Puisqu'il ne se sentait pas d'attaque pour courir, il s'est expressément offert pour garder le but contre leurs adversaires. Pourtant, à cet instant précis, c'est plutôt la météo que le rouquin considère comme son plus redoutable ennemi.

Pour célébrer l'arrivée du beau temps, le prof d'éducation physique a décrété qu'en ce 21 mai tous ses cours de la journée seraient donnés en plein air. Le groupe de Xavier ayant voté pour le soccer à la majorité, c'est à cette discipline que la période sera consacrée.

Le Roux souffre d'une telle migraine qu'il a l'impression que sa tête est sur le point d'exploser et c'est sans parler de son ventre qui gargouille comme si son estomac s'apprêtait à s'auto-digérer. Il n'a pas faim, pourtant, ayant mangé copieusement au déjeuner. Contrairement à Fabrice, le gourmand de service, il n'est pas du genre à s'offrir une petite collation entre deux cours.

Une multitude de petits points noirs s'impriment sur sa rétine quand il a le malheur de lever les yeux au ciel pour maudire le soleil de plomb qui lui tape sur la tête depuis trois jours. En raison de son exposition prolongée aux rayons UV, ses taches de rousseur ressortent par milliers. Sa peau est tellement brûlante qu'après s'être épongé le front du revers de la main, il redoute de retrouver ses phalanges carbonisées.

Des cris sonnent l'alerte, mais ça n'a toutefois rien à voir avec ses dix doigts :

— Attention !

— Xav, le ballon !

Il croit alors délirer en voyant non pas un, mais bien deux ballons fonçant droit sur lui.

— Mais… qu'est-ce que… ? Aaaah !

Au lieu de défendre le but, Xavier a le réflexe de protéger son visage avec ses deux mains, oubliant momentanément son rôle de gardien. On aura vu mieux comme stratégie sportive ! Le résultat est toutefois concluant, puisque le ballon que le garçon voyait en double rebondit durement contre ses jointures pour aller finir sa course dans une zone du terrain non protégée par leurs opposants.

Avant d'oser mettre son visage à nu, Xavier écarte les doigts pour lorgner à travers et s'assurer qu'il n'y a plus aucun danger en vue. La voie est libre, si l'on fait abstraction de ses deux amis accourant vers lui pour s'enquérir de son état, ce à quoi il se contente de répondre :

— Je suis vraiment étourdi…

— C'est normal. Tu viens de te prendre un ballon en pleine face ! ironise Sam.

— Non. J'étais déjà étourdi…

— En tout cas, ça doit pas aider ! concède Annabelle.

Sam lui plante un doigt dans les côtes pour le narguer :

— Le Roux, combien de fois je t'ai dit que t'es qu'un étourdi ?

— T'es pas drôle, se renfrogne Xavier. J'ai mal au cœur, pour vrai. Je pense que je vais…

Il s'interrompt pour reprendre son souffle, mais un spasme le contraint aussitôt à se replier sur lui-même. C'est comme si son estomac avait pris feu et que sa bouche s'improvisait borne-fontaine ; Xavier salive tellement qu'il est pris d'une subite et irrépressible envie de vomir. Ses boyaux se tordent douloureusement tandis que son déjeuner se répand dans l'herbe fraîchement coupée. Il ne fait pas de doute qu'il a largement dépassé le stade de la vulgaire nausée. L'odeur pestilentielle qui émane de la petite marre grumeleuse à ses pieds le pousse à se relever.

Trois secondes plus tard, il est de nouveau sur pied comme si rien ne s'était passé.

— OK, c'est beau ! Je suis correct. On peut recommencer !

Le prof d'éducation physique n'est toutefois pas de cet avis.

— Non, Xavier. Je préférerais que tu ailles t'asseoir sur le banc. C'est Annabelle qui va te remplacer, annonce Maxime, s'étant sensiblement rapproché du malade.

— Mais…, contestent en chœur les deux principaux intéressés.

— Xavier, qu'est-ce que j'ai dit ? lance le professeur d'une voix autoritaire, sans appel.

— Oui, oui. J'ai compris, abdique le rouquin en roulant les yeux.

Il se dirige vers le banc d'un pas lent, en bougonnant un peu, juste pour la forme. En réalité, il est plutôt soulagé de se faire remplacer. Xavier n'est vraiment pas dans son assiette et il a l'agaçante impression que ce malaise n'est pas étranger à l'espèce de bouillie verte qu'il a ingurgitée par mégarde au lac Vert, hier…

22

Loïc n'en croit pas ses yeux. Il n'aurait jamais pensé voir Mathis à l'école si tôt le matin. Les cours ne commenceront pas avant vingt bonnes minutes, mais son ami est déjà posté devant l'allée menant aux casiers des élèves de premier cycle, son sac à dos à ses côtés et sa fidèle copine à ses pieds. Euh… non… en fait, c'est plutôt l'inverse.

Mathis et Ophélie distribuent des tracts (imprimés sur du papier recyclé, bien sûr) à tous ceux qui ont le malheur de passer par là.

Sam et BD ne peuvent s'empêcher de trouver la situation excessivement louche. Depuis qu'ils le connaissent, leur ami a toujours été physiquement inapte à surmonter sa nonchalance naturelle pour arriver à l'école en avance. Peu importe le lieu ou la nature de l'activité, Mathis se fait inévitablement un point d'honneur d'accuser quelques minutes, voire quelques heures de retard.

Alors, qu'il soit tombé sur la tête ou que son réveille-matin lui ait joué un bien vilain tour, il y a forcément quelque chose qui cloche.

En arrivant à leur hauteur, les deux garçons saluent Ophélie d'un geste poli avant d'interroger son copain d'une manière qui l'est un peu moins :

— Mat, qu'est-ce que tu fais ?! l'assaille Sam, tandis que Loïc se contente de froncer les sourcils pour montrer qu'il se pose la même question que lui.

— On fait circuler une pétition pour nos chers conseillers municipaux, leur explique Mathis.

— OK, mais… pourquoi ?

— On veut leur dire ce qu'on en pense, nous, de leur mauvaise gestion des lacs de la région ! C'est pas normal que Xavier soit tombé malade après s'être baigné au lac Vert. Ça fait des années que je me baigne là, mais j'avais jamais vu l'eau aussi dégueu que ça. Pis c'est la première fois que je vois autant de poissons morts… Il faut qu'on agisse MAINTENANT avant qu'il soit trop tard. D'ailleurs, ce serait une bonne chose que vous la signiez aussi.

— Signer quoi ?

— Ben… notre pétition ! font Mathis et Ophélie à l'unisson.

— Ah, vous savez, moi…, commence Sam en cherchant désespérément un prétexte pour s'en tirer.

Heureusement qu'un petit groupe d'élèves de première secondaire passe devant eux au même moment. Mathis hausse le ton pour attirer leur attention :

— Si, comme moi, vous avez envie de vous baigner dans les lacs sans risquer de vous retrouver à l'infirmerie comme mon ami, signez cette pétition !

Ophélie poursuit :

— Si, comme moi, vous croyez qu'il serait grand temps que nos municipalités posent des gestes responsables pour l'environnement, signez cette pétition !

— Vos signatures peuvent faire une différence, concluent Mathis et Ophélie en chœur.

Le couple d'écologistes se serait-il découvert des talents de choristes ? Quoi qu'il en soit, les amoureux échangent une œillade complice.

— C'est quoi, les algues bleu-vert ? demande une mini-fille coiffée d'une queue de cheval à qui Ophélie vient de remettre un tract sur lequel on peut lire, noir sur blanc :

«Nos lacs sont envahis d'algues bleu-vert, des cyanobactéries dangereuses pour notre santé et pour celle des animaux qui y vivent. Ces bactéries accélèrent le processus de vieillissement de nos lacs et sont hautement dommageables pour nos écosystèmes. AGISSONS CONTRE LA POLLUTION ! COMMENT ? 1) En signant la PÉTITION ! 2) En nous rapportant vos produits d'entretien ménager qui contiennent des PHOSPHATES !»

Tandis qu'il se lance corps et âme dans une explication d'ordre scientifique et écologique, Mathis n'a pas conscience d'être dévisagé par Loïc. Ce dernier se dit : « C'est bien ce que je pensais. Mat est tombé sur la tête. »

Sans qu'il sache trop pourquoi ni comment, BD a soudain un très, très mauvais pressentiment. Connaissant les idées bien arrêtées des deux environnementalistes en herbe, cette campagne de sensibilisation risque de prendre des proportions démesurées. Loïc le sait… ou plutôt, il le sent.

23

Depuis qu'ils ont appris que leur fils adoré sort avec Ophélie, les parents de Mathis ont décidé de le tenir à l'œil. Ce n'est pas qu'ils désapprouvent cette relation, mais disons simplement qu'ils sont encore réticents à laisser les tourtereaux seuls à la maison.

Voilà pourquoi, lorsque Mathis a demandé à son père adoptif s'il pouvait inviter sa copine à venir réviser en prévision des examens de fin d'année, Rodrigue lui a fortement suggéré d'organiser une soirée d'étude entre amis.

« Plus on est de fous, plus on étudie ! » Mouais…

Ce qui semblait être une bonne idée en théorie s'est révélé plus problématique en pratique. En effet, Rodrigue avait oublié qu'en réalité, le proverbe dit : « Plus on est de fous, plus on rit », ce qui signifie, implicitement, « plus on fait de conneries »…

Tout a commencé quand Ophélie a demandé à ses amis, peu après leur arrivée dans le « cocon », c'est-à-dire la pièce de la maison des Simard-Aubin consacrée à lecture et à la relaxation :

— Vous avez rien remarqué?

Son ton était légèrement teinté de reproche, et sa pose en disait long: quand la jeune hippie se tient debout, les mains calées au creux de ses hanches osseuses, on devine aisément son agacement.

— Euh… non? a répondu Sam sans savoir que, de tous les gens rassemblés chez Mathis, il était sans doute le moins habilité à remarquer le changement en question.

D'abord, il faut dire que le sens de l'observation du frisé laisse grandement à désirer lorsque le sujet à observer n'est pas Annabelle. Et puis, force est d'avouer que son daltonisme constituait un handicap non négligeable dans le cas précis.

Devant le mutisme de ses amis, Ophélie a pris une mine désappointée pour leur annoncer:

— Mat et moi, on s'est teint les cheveux en bleu!

En y regardant de plus près, dans le bon angle et à la lumière du jour, on pouvait bien apercevoir les quelques reflets bleutés égayant timidement leur chevelure foncée.

— Ah, ben oui! a fait Fabrice en plissant les yeux. C'est… joli. (N'allez surtout pas y voir de l'ironie.)

— Le but, c'était pas que ce soit joli, mais que ce soit « concept » avec notre campagne de sensibilisation contre la prolifération des algues bleues, a proclamé Mathis, ce à quoi sa douce moitié a cru bon d'ajouter :

— C'était l'idée de Morgane…

— C'est qui, Morgane-eu ?

— Une fille de secondaire quatre. T'sais, celle qui faisait circuler la pétition d'Oxfam l'automne passé ? a dit Mathis pour lui rafraîchir la mémoire.

— Hum, hum, a acquiescé le Français, comme s'il s'en souvenait.

— Ah, oui ! a réagi Xavier. Elle est dans le groupe de ma sœur. Ariane et elle se détestent depuis le début du secondaire.

Cela a paru satisfaire Mathis, puisqu'il s'est mis à louanger l'ennemie présumée de la grande sœur de Xavier :

— Elle est à fond dans notre cause. Grâce à elle, on a recueilli plus de cent cinquante signatures ! Elle a dit qu'elle allait convaincre le plus de secondaires quatre et cinq possible pour qu'ils se teignent les cheveux en bleu, comme nous. Si on est une centaine à le faire, on risque pas de se faire suspendre de l'école.

— D'ailleurs, il nous reste de la teinture, si ça vous intéresse…, a suggéré Ophélie, mine de rien.

Il n'en fallait pas plus pour titiller la fibre rebelle d'Annabelle et la persuader d'embarquer. C'est ainsi que, moins d'une heure plus tard, le couple d'écolos engagés avait réussi à rallier à leur cause trois nouvelles têtes bleues : Annabelle, par solidarité envers ses amis ; Samuel, par amour pour elle ; et Xavier, pour la simple et bonne raison qu'il est le pire suiveux de l'histoire de l'humanité. Mathis et Ophélie ont même retenté le coup, histoire de maximiser les résultats. Seuls Fabrice et Loïc ont catégoriquement refusé de se prêter au jeu, ce qui a profondément déçu la jeune fille à rastas (bleues) qui croyait BD plus courageux…

Durant le temps de pause de leur teinture, Annabelle et Ophélie observent les crevettes de Mathis avec une fascination pleinement assumée, le nez collé contre la vitre de l'aquarium, trop embuée.

— Elles sont trop belles ! Comment elles s'appellent ? demande Annabelle, intriguée.

— Oh, c'est ma sœur qui les a baptisées parce que les crevettes, c'était son idée… Elle leur a toutes donné des noms qui riment avec « crevette ». Tiens, celle-là, par exemple, c'est Bernadette. Je la reconnais parce que c'est la plus dodue. Celle au milieu, Jade l'a appelée Reine-Élisabeth parce que c'est la plus vieille. Elle mange toujours en premier, pis elle laisse juste des miettes aux autres. Et l'autre derrière, c'est Colette, la timide. Elle se cache toujours. Il y a aussi Ginette, Mariette et Criquette, ma préférée. Regardez comme elle a une grosse tête !

— Tiens donc, elle te ressemble! dit Fabrice, narquois.

— Wow! C'est trop cool! T'as vraiment de la chance d'avoir des crevettes à la maison…, fait Annabelle, jalouse, sans laisser à Mathis le temps de relever le commentaire désobligeant du Français.

— Si j'en avais chez nous, ça ferait longtemps qu'elles se seraient retrouvées dans nos assiettes! lance Sam, à la blague.

Annabelle, Ophélie et Mathis se retournent d'un même mouvement pour le fusiller du regard.

— Ben, quoi! Ce serait mes parents qui les cuisineraient, pas moi!

— Tu sauras, Samuel Blondin, que c'est un crime de manger ses animaux de compagnie! lui reproche aussitôt sa chère Shakira junior en lui flanquant une bine amicale sur le bras.

Ouch! Le frisé se fait la réflexion qu'il ne lavera plus jamais cette partie de son anatomie. Il avait déjà entendu des groupies de vedettes rock dire un truc du genre sur les ondes de MusiquePlus et, sur le coup, ça l'avait profondément dégoûté. Sam est vraiment gêné de le reconnaître, mais, en ce moment, il les comprend parfaitement.

Il frissonne. «Dire qu'à force de vouloir attirer les groupies, j'en suis devenu une», pense-t-il en se remémorant les moments forts de l'épreuve de skate durant laquelle sa troublante coéquipière a fait mordre la poussière à ses adversaires. Elle était tellement belle, tellement… féline !

Sam se trouble davantage, ce qui n'échappe pas à ses amis. Heureusement pour lui, le père adoptif de son ami se charge de faire diversion en pénétrant au même moment dans le « cocon ».

— Salut, les jeunes ! lance-t-il à la manière de celui qui voudrait, justement, paraître plus jeune.

— Bonjour, m'sieur Simard ! répond Ophélie de sa voix flûtée.

— Bonjour, font les autres d'un ton qui sonne un peu faux.

— Mon Dieu ! Qu'est-ce que vous avez fait à vos cheveux ? s'affole Rodrigue en avisant leurs têtes bleues.

— C'est une expérience… euh… pour le cours de sciences, improvise Mathis. C'est juste du colorant alimentaire.

— Eh ben ! On n'a plus les expériences qu'on avait. Dans mon temps, on se contentait de mélanger du bicarbonate de soude avec du vinaigre pour observer la réaction chimique que ça faisait…

Les yeux de Rodrigue se posent sur les manuels scolaires des adolescents, pour la plupart fermés, ce qui lui inspire cette question rhétorique[29] typiquement parentale :

— Vous avez bien révisé, on dirait ?

---

29 Sous-entendu : question piège…

— Ouiiii, mentent-ils spontanément, de façon typiquement adolescente.

— C'est bien ce que je pensais! laisse tomber Rodrigue d'un air entendu. Disons que je vais fermer les yeux pour cette fois, parce qu'il vous reste encore quelques semaines de cours avant les examens et aussi parce que… j'ai assez hâte de vous montrer la surprise qu'on vous a préparée, Michel et moi!

BD relève prestement la tête en entendant le nom de son père.

— Loïc, ton père m'a dit que tu t'entraînes beaucoup avec ton frère pour l'épreuve de wakeboard…

L'adolescent acquiesce, quelque peu gêné d'adresser la parole à un adulte. Rodrigue poursuit sans se soucier de son malaise apparent:

— Je l'ai convaincu de trouver une façon plus écologique et aussi plus économique de vous entraîner, Mathis et toi, et il a accepté de m'aider. Je suis certain que vous allez adorer!

Loïc en doute sincèrement. Depuis qu'il a surpris la caresse de Jo Ann sur la cuisse de Michel, au restaurant, il se méfie de lui, et de tout ce qui entre dans la catégorie secrets, surprises et cachotteries.

En fait, il en a marre de son père et de ses mystères.

24

Après avoir passé une journée complète à s'entraîner au lac en vue de l'épreuve de wakeboard en compagnie de son aîné et entraîneur privé, Loïc se sent totalement lessivé.

Les frères Blouin-Delorme ont bien voulu essayer le système de traction par câble que leur père a fait installer avec Rodrigue sur le terrain des Simard-Aubin. Toutefois, BD ne se sent pas très à l'aise avec cette technique, sachant que, durant la compétition, il devra effectuer ses sauts dans le sillon d'un bateau. Si les figures restent les mêmes, la sensation et la vitesse, elles, diffèrent… Il a tout de même réussi bon nombre de figures telles que le *heelside backroll** et même le *double tantrum**, ce dont il n'est pas peu fier.

Loïc est un nageur-né, à l'instar de sa mère. Un petit poisson d'eau douce. S'il est aussi mordu de sports nautiques, c'est qu'il n'y a que sur l'eau qu'il se sent pleinement dans son élément, ce qui explique pourquoi il a été attiré par le wakeboard avant tout autre sport de planche.

Mathis est venu s'entraîner un peu avec eux, lui aussi, mais sans grande conviction. Loïc le soupçonne de manquer de motivation. Après tout, leur ami leur a clairement fait comprendre, lors de l'inscription, qu'il désapprouve la pollution provoquée par ce sport. Mais ils ont tous insisté, et Mat a fini par céder.

BD redoute maintenant qu'il abandonne son équipe afin de s'investir pleinement dans sa campagne environnementale ou, pire, que ses actions écologiques aient de fâcheuses répercussions sur la compétition organisée par Ludovic.

Ainsi, lorsque son grand frère lui apprend sur le chemin du retour que la compétition aura lieu sur un autre lac en raison des plaintes que le conseil municipal a reçues, Loïc a la nette impression d'avoir été trahi par son ami.

Ce n'est qu'une fois à la maison qu'il découvre enfin l'entrefilet paru dans la plus récente édition du journal régional *Le Petit Lanaudois* :

LA COMPÉTITION « PLANCHES D'ENFER » FAIT DES VAGUES

Réjean Thériault
rejean.theriault@lepetitlanaudois.com

Le samedi 16 juin prochain se tiendra la dernière épreuve de la compétition multidisciplinaire « Planches d'enfer », un projet de longue haleine mis sur pied dans le cadre de l'école secondaire des Cascades de Rawdon par le jeune Ludovic Blouin-Delorme, seize ans.

Fier du succès de ses deux premiers événements — *Slopestyle Snowboard* et *X-Treme Skateboard* —, l'adolescent s'est dit impatient de dévoiler le grand prix mystère qui sera décerné à l'équipe gagnante le jour de l'épreuve finale de la compétition, le *Freestyle Wakeboard*.

Seule ombre au tableau : le lac où devait se dérouler l'événement fait aujourd'hui l'objet d'analyses en raison des pressions exercées par l'un des participants. Il semblerait que ses actions contre la prolifération des algues bleues aient fait tellement de vagues que le conseil municipal a ordonné la fermeture de nombreuses plages à Saint-Alphonse-Rodriguez, dont celle où devait se tenir la grande finale de la compétition « Planches d'enfer ». L'épreuve de *Freestyle Wakeboard* aura donc lieu au lac Pierre, jusqu'à nouvel ordre.

Pendant qu'il parcourt l'article, Loïc devient bleu de colère, et c'est loin d'être par solidarité avec les satanées algues…

Il a envie de téléphoner à Mathis pour lui dire sa façon de penser, mais Ludo le retient sous prétexte que « l'écolo en herbe » n'a pas voulu mal faire et que, de toute manière, rien au monde ne pourra les empêcher de conclure en beauté son projet multidisciplinaire. La sagesse de son frère le prend tellement au dépourvu qu'il en oublie sa résolution.

Pour lui prouver qu'il n'entend pas à rire, Ludovic lui arrache le journal des mains pour découper l'article et l'aimanter bien en vue sur le réfrigérateur, avec l'horaire de l'événement :

COMPÉTITION « PLANCHES D'ENFER » 3ᵉ ÉPREUVE, LE SAMEDI 16 JUIN

9 h 30 : Rencontre à la table d'inscription sur la plage municipale de Saint-Alphonse-Rodriguez pour la remise des dossards et l'attribution de l'ordre de passage

10 h à 11 h : Période d'entraînement

11 h à 12 h : Première course (*run*)

12 h 30 à 13 h 30 : Dîner (des hot-dogs et des boissons seront servis aux participants de l'épreuve par nos commanditaires)

13 h 30 : Deuxième course (*run*)

15 h : FINALE

16 h : Remise des prix (bourses, équipements, grand prix mystère)

Ce geste fort simple a pour effet de le rassurer, mais BD n'est pas au bout de ses peines. En effet, alors qu'ils sont tous attablés, chacun devant un bon steak, Michel leur réserve une nouvelle surprise de taille, à ses trois frères et à lui :

— Si je tenais tant à ce qu'on soit tous ensemble pour souper, c'est parce que j'ai quelque chose d'important à vous annoncer...

Loïc sait d'avance qu'il sera question de Jo Ann, la mère de Xavier. Il ne peut plus nier l'évidence : son père est amoureux d'une femme, et celle-ci n'est nulle autre que la génitrice du rouquin. De toutes celles qu'il aurait pu rencontrer, il fallait que Michel s'entiche d'une amie de la famille !

Comme de fait :

— Je sais pas trop comment vous dire ça, donc je vais aller droit au but : j'ai rencontré quelqu'un.

— QUOI ?! réagit d'abord Lucas, le cadet.

— C'est une blague, j'espère ? lance Ludo, circonspect.

— Il était temps ! s'exclame Laurent, l'aîné, d'un petit air satisfait.

Seul Loïc demeure impassible (vous savez pourquoi).

Michel reprend :

— Je comprends votre étonnement, mais ça fait plus de dix ans que votre mère est partie… Avant de nous quitter, elle m'avait fait promettre de refaire ma vie, de trouver une autre femme pour m'aider à m'occuper de vous. Et je ne l'avais jamais vraiment écoutée jusqu'à aujourd'hui…

— C'est n'importe quoi ! On n'a pas besoin d'une belle-mère pour s'occuper de nous, s'indigne Lucas.

— Écoute, fils. Que tu le veuilles ou non, Jo Ann me plaît beaucoup et je pense bien que c'est du sérieux, entre nous.

Cette fois, Loïc ne peut s'empêcher d'éclater :

— Du sérieux ? ! Ça fait même pas un mois que vous êtes ensemble !

Autour de la table, tous les regards convergent vers lui.

— Tu savais qu'il avait une blonde, pis tu nous as rien dit ? lui reproche instantanément son cadet.

Mais, si on peut dire, c'est bien le « cadet » de ses soucis ! BD hausse les épaules, impassible, tandis que Michel poursuit, avec sa très discutable diplomatie :

— Jo Ann traverse une période difficile côté finances. Xavier, Ariane et elle vont devoir déménager dans un appartement plus petit et…

— Attends, t'es en train de dire que tu sors avec la mère du Roux? l'interrompt Ludo, un brin effronté.

Leur père acquiesce.

— OK, mais… comment ça qu'ils déménagent dans plus petit? Ils vivent déjà dans un placard! se révolte Loïc qui n'a pas encore compris où Michel veut en arriver.

— Laissez-moi terminer… Jo Ann, Xavier et Ariane vont prendre possession de leur nouvel appartement en juillet, mais, d'ici là, j'aimerais qu'on fasse tous ensemble l'effort de les héberger ici, à la maison.

— C'EST UNE BLAGUE?! font les quatre garçons à l'unisson.

Il n'y a pas à dire: BD s'attendait certainement à tout, sauf à ça…

25

Au quartier général, chez Fabrice.

À quelques jours de la compétition, Loïc s'est invité au QG sous prétexte de répéter ses figures sur le trampoline. C'est d'ailleurs ce qu'il a fait durant une heure et des poussières, en dépit de son manque de concentration et de l'inconfort causé par son nouvel appareil dentaire. Sauf qu'en réalité, il ne tenait ni à s'entraîner ni à parader avec son fil-de-fer-amovible-et-quasi-invisible, car il avait un tout autre projet pour la fin de la soirée…

Fabrice lui avait déjà mentionné le petit côté ésotérique de sa mémé. Tarot, lignes de la main, cartes du ciel; tant de rituels autrefois transmis de mère en fille chez les de Courval, mais que la vieille dame emportera dans sa tombe en raison, notamment, de la naissance exclusive de garçons qui empêche désormais la diffusion de ce savoir familial.

Tout ça pour dire que Loïc avait prévu se retrouver seul avec son pote français au QG et ainsi lui parler du projet qui l'obsède depuis l'intrusion de Xavier (et de sa famille!) dans son intimité. Il espérait que la caverne d'Ali Baba de mémé recèlerait la fameuse planchette dont il aurait besoin pour communiquer.

Manifestement pas sur la même longueur d'onde, Fabrice a, de son côté, convié tout le groupe à se joindre à sa petite fête privée. Résultat : BD est irrémédiablement dépité, ce qui saute aussitôt aux yeux de Xavier.

— Coudonc, demi-*bro*, t'as pas l'air super content de nous voir… Qu'est-ce qui nous vaut cette face d'enterrement ?

— Il est juste fatigué à cause de son entraînement, répond Fabrice à la place de Loïc.

Ce dernier réplique dans sa tête : « Ou juste fatigué de voir le Roux partout ! Non mais… il n'y a pas moyen d'avoir la sainte paix ? » Il finit par dire à haute voix, mais du bout des lèvres, pour justifier son étonnement sans dévoiler sa dentition de métal pour autant :

— Je pensais que t'étais encore en punition à cause de tes cheveux bleus…

— Non. Ton père a convaincu ma mère de me laisser sortir. Il est trop cool, Michel !

BD marmonne quelque chose que personne n'entend, mais qui trahit son mécontentement. Xavier croit tout de même nécessaire d'ajouter :

— D'ailleurs, il m'a demandé de vérifier si tu portes ton appareil. Mais, inquiète-toi pas, je lui ai pas dit que tu le portes jamais, à l'école…

— Quel appareil? réagit instantanément Annabelle.

Cette question lui vaut un bref rictus totalement dénué de joie de la part de Loïc pour laisser entrevoir le fil inélégant qui recouvre ses dents. Elle réprime une moue en découvrant l'«œuvre» de son beau-père, qui enlaidit considérablement son bel ami. Enfin, à son avis.

— Moi, c'est Haleine qui a fait comprendre à ma mère que c'est juste «une erreur de jeunesse», comme il dit. Ma mère m'a quand même pris un rendez-vous chez le coiffeur, mais, de toute façon, j'irai pas…, conclut Annabelle.

— Bon, c'est pas que ça m'ennuie de discuter « métamorphose capillaire et appareils dentaires » avec vous, mais… ça vous dirait de regarder le nouveau film de Tarantino? propose Fabrice en insérant déjà le disque dans le lecteur DVD.

— Nan… Moi, si je regarde un film, c'est clair que je m'endors avant le générique d'ouverture! riposte vivement Annabelle.

— Qu'est-ce qu'on fout, dans ce cas?

— On pourrait jouer à «vérité ou conséquence»? suggère Sam, avec une petite idée derrière la tête.

— Non. Ça me tente pas, objecte de nouveau Annabelle, qui préfère ne pas savoir où le frisé veut en venir…

— Moi, j'ai une meilleure idée…, commence Loïc.

Il fait une pause pour gagner l'attention de ses amis, mais aussi pour réfléchir à la meilleure façon de formuler sa proposition sans passer pour un illuminé (ou, pire, pour un désaxé!) à leurs yeux.

Sam comprendrait sans doute son besoin presque viscéral d'entrer en communication avec sa mère en ce moment crucial… mais qu'en sera-t-il de Mathis, d'Annabelle et de Xavier?

Loïc commence à se dégonfler, lentement mais sûrement. Il leur demande finalement, dans un très léger zézaiement :

— Est-ce que ça vous dérangerait qu'on visionne le film de wake que je viens d'acheter? Mat, ça pourrait peut-être nous aider pour la compé…

— Ouais, c'est vrai! En plus, ça va tous nous mettre dans l'ambiance, s'enthousiasme aussitôt Annabelle.

C'est pourtant elle qui disait ne pas vouloir regarder un film, pas plus de trois minutes auparavant… Comme quoi, il n'y a que les fous (et les folles) qui ne changent pas d'idée.

Ce n'est que le vendredi suivant, à la veille de la compétition, que Loïc se décide enfin à partager son projet un tantinet macabre avec son nouveau « demi-frère ». Par chance, Lucas, son cadet, est parti dormir chez un ami ; Xavier et lui ont donc la chambre pour eux seuls. La sainte paix, quoi !

« Finalement, c'est pas si pire que ça, avoir une moitié de frère… », pense Loïc.

Sauf qu'au même moment, le rouquin s'élance vers le lit de Lucas sur lequel il bondit, sans gêne, en criant : « Kawaaaaaa Bungaaaaaa ! » tel un samouraï qui se prendrait pour Tarzan. BD s'allonge sur son lit en secouant la tête, découragé.

Les deux amis gardent le silence durant un bon moment. C'est Xavier qui le rompt en demandant :

— Est-ce que t'es stressé ?

— Stressé ? Pourquoi ?

— Ben… pour l'épreuve de wake de demain !

— Ah ! Non, pas vraiment.

— J'sais pas comment tu fais… Moi, le soir avant l'épreuve de skate, je tenais pas en place ! Pour que je m'endorme, ma mère a dû me forcer à boire l'espèce de thé relaxant bizarre que Mat m'a donné pour ma fête. D'ailleurs, ça me fait penser que je lui ai pas encore dit, mais ça fonctionne pour vrai !

Loïc se redresse, tapote un peu son oreiller pour lui donner la forme désirée. Il se recouche, mais grimace aussitôt en réalisant que sa position est encore moins confortable que la précédente.

— Quand j'arrive pas à dormir, je pense à ma mère…, avoue-t-il avec pudeur.

Xavier s'accoude pour le regarder avant d'oser lui demander :

— Elle te manque, hein ?

Loïc hausse les épaules.

— Je sais pas si je peux dire qu'elle me manque. J'étais tellement jeune quand… Je veux dire… je l'ai pas beaucoup connue. Je pense que c'est ça que je regrette le plus, au fond.

— Je comprends…

— Je suis pas sûr que tu puisses vraiment comprendre, mais c'est gentil.

— Je suis ton demi-frère, je suis là pour ça.

— Ben, justement. Est-ce que tu pourrais faire quelque chose pour moi ?

— Ouais, quoi ?

— Deux choses, en fait.

— Vas-y…

— Premièrement, est-ce que tu pourrais arrêter de dire à tout le monde qu'on est demi-frères ?

— Ben… c'est ce qu'on est, non ?

— Nos parents sortent ensemble depuis à peine un mois. Je préférerais qu'on s'en tienne au rôle d'amis pour le moment. Je veux dire… en public.

Loïc ne réalise qu'après coup que sa dernière phrase pourrait prêter à confusion.

— Ah… euh… OK, fait Xavier, déçu. C'est quoi, ton autre « demande spéciale » ? s'informe-t-il en mimant les guillemets comme pour se moquer.

— Non, laisse faire. Tu voudras pas, de toute façon…

— Pourquoi tu dis ça ? réagit aussitôt le rouquin, piqué au vif.

Il se redresse complètement cette fois pour s'adosser contre la tête du lit et dévisager son demi-ami d'un air vexé. Loïc soupire en s'avouant vaincu. Il se lève pour farfouiller dans le fond de sa garde-robe. Il en ressort une minute plus tard avec les bras encombrés d'une planche de bois grande comme un jeu de société.

— Qu'est-ce que c'est ?

— Je me suis fabriqué un jeu de Ouija.

— C'est quoi, ça ?

— Ça sert à entrer en communication avec les esprits.

Les yeux de Xavier s'agrandissent de stupeur.

— Euh… pourquoi est-ce qu'on voudrait leur parler, à eux ?

— Ben, pas aux esprits en général, mais juste à un en particulier…

— Non ! Tu veux pas faire ce que je pense ?

— Ça dépend à quoi tu penses.

— Ta mère ?

Loïc hoche lentement la tête en guettant la réaction de son faux-frère.

— OK, je veux bien essayer, mais à condition qu'on laisse toutes les lumières allumées.

— Comme tu veux.

Loïc va s'asseoir en Indien à même le sol. Il fait signe à Xavier de le rejoindre. Une fois bien installés, ils posent leurs mains sur la planchette triangulaire avec circonspection. BD ferme les yeux, concentré.

— Ouija, es-tu là ? demande-t-il après un temps.

Il ne se passe rien, du moins durant les secondes qui suivent la question. Puis, alors qu'ils s'y attendaient le moins, commençant à douter de l'efficacité d'un tel procédé, la planchette est propulsée sur le côté.

— Est-ce que c'est toi qui l'as fait bouger ? panique aussitôt Xavier.

— Non.

— Je suis sûr que c'est toi…, insiste le rouquin, suspicieux.

— Non, je te jure que j'ai rien fait !

— Si c'est pas toi, ça veut dire que… OH, MON DIEU !

Loïc réagit au même moment :

— Maman ? C'est toi ?

Il fixe la planchette avec une telle intensité que ses yeux menacent de bondir hors de leurs orbites. Pourtant, rien ne se produit. Ses yeux restent bien en place, tout comme la planchette.

— OK, on arrête. C'est niaiseux, comme jeu ! déclare Xavier, même si sa pâleur cadavérique laisse supposer qu'il est bien plus terrorisé qu'ennuyé.

— Attends !

La planchette a encore bougé.

— Maman, j'aurais besoin d'un signe. Je veux savoir ce que tu penses de la nouvelle blonde de papa.

Xavier lui lance un regard noir.

— Ben… je veux dire… ce que tu penses du fait que papa est amoureux de quelqu'un d'autre que toi…

Son cœur se comprime douloureusement. Il ne tolère pas que son père puisse trahir la mémoire de sa mère ainsi en s'ouvrant à une autre femme que celle qui leur a donné la vie, à ses frères et à lui.

Loïc se promet qu'il fera tout ce qui est en son pouvoir pour que Sophie ne tombe jamais dans l'oubli, peu importe la tournure que prendra sa vie à partir d'aujourd'hui.

26

Loïc ouvre les yeux dès la seconde où l'insupportable alarme de son réveille-matin retentit. Il le fait taire d'un violent coup de poing, sachant que le petit boîtier nécessiterait bien plus que ce simple coup pour se casser.

Il remarque aussitôt que sa tête prend appui sur un objet non identifié qui n'est pas son oreiller, quelque chose de dur et d'inconfortable, mais d'aussi très raboteux. Il s'accoude pour découvrir la planchette de jeu qu'il a lui-même confectionnée avec du bois recyclé. Son rudimentaire système de communication avec l'au-delà.

Finalement, la séance de Ouija n'aura pas été particulièrement concluante, sa mère se faisant très discrète, comme de son vivant. Mais une chose est sûre : elle était bien là, dans la chambre avec eux. BD serait même prêt à parier qu'elle n'a pas apprécié l'incroyable désordre qui règne dans la pièce, ce qui, selon lui, expliquerait en partie la raison pour laquelle elle ne s'est pas manifestée avec plus d'intensité.

Le bel adolescent jette un œil à la photographie, sur sa table de chevet, le montrant en compagnie de sa mère au lac des Français. « Sophie la Batracienne », comme les habitants de Saint-Alphonse se plaisaient à la surnommer en référence à son besoin viscéral d'aller nager tous les jours d'été, beau temps comme mauvais temps, et ce, avec ou sans ses quatre têtards et son beau crapaud devenu prince charmant. Devant un tel portrait familial, pas surprenant que les Blouin-Delorme aient toujours fait jaser au village… Rien de plus normal !

D'ailleurs, parions que la relation de Michel et de Jo Ann ne passera pas inaperçue bien longtemps non plus…

Loïc se lève en prenant bien soin de ne pas trop faire de bruit pour ne pas perturber le sommeil de cet ami qu'il ne se résout toujours pas à considérer comme son demi-frère. Il voudrait effectuer ses exercices d'étirement et de réchauffement en paix, sans avoir à supporter les questions de ce grand dadais. Il décide donc d'aller faire ça au salon au cas où Xavier se réveillerait.

La maisonnée est plongée dans un silence apaisant. Loïc profite de cette solitude éphémère, avant que tout le monde ne soit levé, pour aller se poster devant le frigo et boire une grande gorgée de jus d'orange à même le goulot.

Un bruissement derrière lui l'incite à interrompre son geste pour se retourner, le contenant de jus en suspens dans les airs. La sœur aînée de Xavier est postée à l'entrée de la cuisine, les bras croisés. Ariane est uniquement vêtue d'un minuscule short et d'une toute petite camisole tellement délicate qu'avec un peu d'imagination, Loïc pourrait presque voir au travers.

La cohabitation forcée comporte peut-être certains avantages, finalement…

— Je t'ai vu, dit Ariane, un sourire en coin.

Le pauvre garçon en perd tous ses moyens. Il échappe le jus qui commence à se déverser sur le sol dans une mare orange grandissante. Plutôt que d'aller chercher la vadrouille pour nettoyer son dégât, Loïc s'élance vers l'unique sortie d'urgence : la petite porte menant à la cour arrière. Il enjambe la haie du voisin pour atteindre la rue sans perdre une seconde.

Il court à en perdre haleine, sans destination ni intention précises sinon celle de s'éloigner de la maison. Depuis que son père, ses frères et lui ont accueilli Jo Ann et ses enfants, BD ne se sent plus chez lui. Xavier est bien gentil comme ami, mais l'avoir dans les pattes à longueur de journée commence sérieusement à l'énerver. Quant à sa sœur, elle est bien agréable à regarder, mais elle est néanmoins tout aussi difficile à endurer !

Lorsqu'il s'arrête enfin, à bout de souffle, Loïc réalise que ses jambes l'ont inconsciemment porté jusqu'au lac Pierre, à l'endroit même où se tiendra la finale de « Planches d'enfer ».

La plage municipale est encore déserte à cette heure bien matinale, mais l'adolescent prédit qu'elle sera déjà bondée avant 9 h 30, l'heure prévue pour les inscriptions.

Il y a si longtemps qu'il n'a pas assisté au lever du soleil qu'il a presque oublié combien ce réveil quotidien de la nature l'émerveille. L'astre miroite sur la surface imperturbable du lac, à la fois sombre et invitant.

Il lui prend l'irrépressible envie de se baigner, de sentir la délicieuse caresse de l'eau sur sa peau. Loïc prend son élan et fonce dans le lac sans hésiter. L'eau est fraîche, saisissante. Pile ce qu'il lui fallait pour se requinquer.

Il a soudain la sensation d'être bien plus près de sa mère qu'il ne l'a jamais été auparavant. Son instinct lui dit que cette baignade, qu'on croirait hors du temps, n'est pas étrangère à ce sentiment. C'est alors que Loïc prend conscience que ce n'est pas avec un vulgaire jeu de Ouija qu'il pourra entrer en communication avec Sophie. Non.

La meilleure façon de se rapprocher d'elle est, en réalité, fort simple. Presque trop logique.

Nager. Dessiner. Se surpasser, toujours. Donner le meilleur de soi-même. Bref, partager les mêmes passions, les mêmes aspirations que

Sophie afin qu'elle puisse continuer de vivre à travers celles-ci.

Loïc jure sur ses gènes de batracien que sa mère sera fière de lui à l'issue de la compétition, aujourd'hui.

La famille s'étant considérablement élargie au cours des dernières semaines, les Blouin-Delorme-Lebel-Valois ont dû se résoudre à prendre deux voitures pour se rendre sur les lieux de l'ultime épreuve de «Planches d'enfer».

Ils auraient bien pu y aller à pied, ce qui ne leur aurait pas pris plus d'une quinzaine de minutes, sauf que les deux adultes ont décrété qu'il y avait beaucoup trop d'équipement et de matériel à transporter. En vérité, c'était surtout pour éviter à Jo Ann et à Ariane de se fatiguer ou d'user leurs jolis souliers. La possibilité n'a donc même pas été envisagée.

La même histoire s'est répétée au moment de déterminer le rôle de chacun dans la préparation de la compétition. La seule «corvée» qu'Ariane a daigné accepter a été l'installation des banderoles sur la tour de surveillance du beau sauveteur. Quant à Jo Ann, elle s'est portée volontaire pour accueillir les participants et leurs accompagnateurs à l'entrée du site, pour ensuite les diriger vers la table d'inscription où les attendra Ludovic.

Fidèles au poste, Mathis, Sam et leurs pères respectifs arrivent juste à temps pour leur donner un bon coup de main et, grâce à tout ce beau monde, les préparations vont bon train. Annabelle les rejoint enfin avec une invitée surprise qui crée toute une commotion chez les garçons, à en croire leurs sourires béats : Léa. Le temps passe et tout se déroule pour le mieux, si ce n'est des derniers commanditaires et des concurrents qui tardent curieusement à arriver…

En les attendant, Loïc se porte volontaire pour tester le fonctionnement du wakeboat par une *ride* d'essai, déjà impatient de se remettre à l'eau. Il prend donc place sur le bateau avec Annabelle, Léa, Samuel et son grand frère Laurent, qui est aux commandes de l'embarcation. Ils prennent le large, le sourire aux lèvres, le vent fouettant leur visage tout en asséchant allègrement leurs dents. Si ce n'est pas ça, le bonheur, BD se demande bien ce que c'est !

Pour l'occasion, Annabelle a revêtu son beau *rashguard* turquoise qui s'harmonise si bien avec ses mèches bleues. Sam la trouve splendide, mais, comme toujours, il se contente de la couver d'un regard amoureux tandis qu'elle et Léa encouragent son meilleur ami dans l'enchaînement de sa savante chorégraphie nautique.

Pendant ce temps, Ludovic prie Yoda pour que le directeur du programme de sport-études, concentration ski/planche à Félix-Léclair, ait bien dit à ses élèves de se présenter à 9 h 30 au lac Pierre. Il garde toutefois espoir de les voir rappliquer à la plage municipale d'une minute à l'autre, tous autant qu'ils sont. (Foi de Jedi)

Lorsqu'une rumeur de plus en plus assourdissante vient perturber la sérénité ambiante, l'organisateur de l'événement a d'abord le réflexe de penser que son souhait a été exaucé.

C'est sans doute ce qu'il aurait continué de penser si le cri de Jo Ann ne l'avait pas alerté :

— LUDOVIC ! VIENS VITE !

Le jeune homme délaisse instantanément ce qu'il fait pour accourir vers la route, en amont. Il est talonné de près par les autres, tous aussi inquiets. Malheureusement, ce qu'ils voient n'est pas près de les rassurer…

Une marée humaine s'amène au loin, côté jardin. Des manifestants armés de pancartes et de banderoles, tous vêtus de bleu. Malgré la distance, le slogan qu'ils scandent leur parvient distinctement :

— NON À LA POLLUTION ET AUX PHOSPHATES ! PROTÉGEONS NOS LACS ! NON À LA POLLUTION ET AUX PHOSPHATES ! PROTÉGEONS NOS LACS…

Non! Ils ne sont « manifestement » pas là
par hasard…

27

Ludovic fait désormais face au peloton de manifestants, le visage ruisselant. Non seulement il a chaud, mais il transpire la colère par chaque pore de sa peau. L'anxiété qui le tenaille ne l'empêche toutefois pas de se tenir les épaules bien droites devant Morgane, l'instigatrice du mouvement :

— Qu'est-ce que vous faites ici ?

— Ce serait plutôt à nous de vous demander ça…, réplique l'élève de quatrième avec arrogance.

— QU'EST-CE QUE TU VEUX DIRE PAR LÀ ? s'énerve déjà Ludovic en haussant le ton pour couvrir les éclats de voix en provenance de la foule dissipée, qui continue de scander le même slogan.

Morgane lève la main d'un geste autoritaire pour ordonner à ses troupes de se taire. Ludo est alors fortement impressionné de constater le pouvoir qu'exerce cette fille chétive sur les manifestants, qui s'assagissent presque instantanément.

Satisfaite, l'adolescente poursuit :

— Oh, t'as pas reçu l'avis concernant l'interdiction ? Votre dérogation de la municipalité a
été annulée…

— Notre QUOI ?!

— Tu sais pas lire ? Regarde, c'est écrit noir
sur blanc, lui crache-t-elle en pointant son index
en direction du panneau affichant les règlements
du site.

Morgane lit à voix haute :

— Point numéro trois : il est interdit, sur la
plage et dans la zone de baignade, de circuler
avec une embarcation…

— Oui, mais on a obtenu une autorisation
spéciale du conseil municipal ! riposte Ludovic,
hargneux.

— C'est exactement ce que je viens de dire.
Votre « permission spéciale » est annulée parce
qu'elle est totalement anti-environnementale.
On l'a contestée, et on a gagné.

— Pfft ! C'est n'importe quoi. Si c'était vrai,
je le saurais.

— Ah oui ? T'es certain d'avoir reçu aucune
lettre ?

— Ben…

Maintenant, ça lui revient. Son père lui a
remis du courrier la semaine passée, mais il ne
croyait pas que ces lettres concernaient son événement, et n'a donc pas encore pris le temps
d'ouvrir les deux enveloppes qui lui étaient

destinées pour la simple raison qu'il les a rangées dans la pile «À faire demain». Par conséquent, il remettait toujours leur lecture au lendemain (autrement dit : à jamais).

Morgane fait un pas dans sa direction.

— Que ce soit bien clair : notre but, c'est vraiment pas de saboter ta compétition.

— Ah non ? Pourtant, ça m'en a tout l'air !

Elle a un petit ricanement méprisant.

— Ce qui nous préoccupe, c'est l'avenir de nos lacs. Rien de plus, rien de moins. C'est justement pour ça qu'on aurait quelque chose à te proposer.

La jeune femme fait une pause pour sonder le regard de l'organisateur, en quête d'un mot ou d'un signe qui l'encouragerait à continuer.

— Je t'écoute…, finit par dire Ludo en se donnant des airs de dur.

Son théâtre ne semble pas impressionner Morgane outre mesure, puisqu'elle s'approche davantage en affichant une mine espiègle qui ne le laisse pas indifférent.

L'adolescente se décide enfin à déballer son sac :

— Mathis nous a dit que vos parents ont créé un système écologique de câbles et de poulies qui utilise peu d'énergie… pas d'essence, presque pas d'électricité… Paraît que c'est assez efficace, merci !

— Bon. Premièrement, t'es dans le champ, ma belle, parce que c'est loin d'être nos pères qui ont inventé ce système-là. Le téléski tracté par un câble, ça existe depuis longtemps! Pis, deuxièmement, Mathis a dû l'essayer au maximum trois fois depuis qu'il a été installé… Ça fait que je pense pas qu'il soit en mesure de juger de son efficacité.

— Tu sauras que Mathis préférait s'entraîner quand vous étiez pas là. C'est pour ça que vous l'avez presque jamais vu. De toute façon, c'est pas la question! Disons que, si on est ici, les carrés bleus et moi, c'est qu'on voudrait vous proposer de faire la compétition aujourd'hui, comme prévu, mais… à notre façon.

— Ce qui veut dire?

— De façon écologique. On vous offre de vous aider à tout déménager sur le terrain de Mathis, où se trouve déjà le téléski, comme tu dis.

— Ses parents accepteront jamais qu'on fasse la compétition sur leur terrain! déclare Ludo, sûr de lui.

— On a contacté sa mère. Elle dit que c'est une très bonne idée, à condition qu'on nettoie tout après, ce qu'on s'engage à faire avec vous… Évidemment, il faut que vous nous donniez votre parole.

— Sinon quoi?

— Sinon je refuse de sortir avec toi, annonce Morgane, catégorique.

— Euh… je t'ai jamais invitée à sortir!

— Non, mais t'allais le faire.

— Woh ! T'es vraiment une drôle de fille, toi ! Je pensais que tout ce qui t'intéressait, c'était l'environnement…

— Disons que je me définis d'abord et avant tout comme une *peace and love*…, fait-elle en insistant sur le dernier mot.

— Hé ! Hé ! réagit niaisement Ludovic en rougissant malgré lui.

Décidément, la discussion commence à prendre une tournure des plus déroutantes. Et s'il choisissait de prendre un virage vert pour l'épreuve ultime de son projet multidisciplinaire ? Une chose est sûre : en se souciant davantage des lacs de la région, il aurait l'entière approbation de sa mère…

Devant le filet du terrain de volleyball de plage, à quelques mètres de là…

— Je savais rien de toute cette histoire, les gars ! se défend Mathis.

— Ouais, ouais, c'est ça ! fait Loïc, sceptique.

— Je vous jure ! À part me poser des questions sur notre entraînement en téléski, Ophélie m'avait absolument rien dit.

— À moi non plus, reconnaît Annabelle.

— Elle avait sûrement peur qu'on vende la mèche ou qu'on se sente trahis…

— Ouin.

— Ben, c'est exactement comme ça que je me sens, aussi! Pis c'est pour cette raison-là que je vais être obligé de lui dire que c'est fini, entre nous…

— Hé! Tu peux pas faire ça! s'écrie Annabelle, profondément choquée par les propos de son ami.

— Ah, non? Pourquoi? l'interroge-t-il entre ses dents.

Envolé, le Mathis zen et posé. Il a cédé sa place à un pauvre type déboussolé. Le passionné de géographie a définitivement perdu le nord…

— Parce que vous êtes faits pour aller ensemble! répond-elle du tac au tac.

— Qu'est-ce qui te fait dire ça?

— Ben… ça se voit, ces choses-là!

Mathis prend le temps d'assimiler les paroles d'Annabelle avant de tourner les yeux vers Samuel, puis de les reporter sur elle en disant:

— Justement, je pense qu'il y a quelqu'un qui voudrait te parler…

— Qui? demande Annabelle avec une mine intriguée qui prouve hors de tout doute qu'elle n'a toujours pas compris, malgré ce que lui a chuchoté Léa, un peu plus tôt, à leur descente du bateau:

— C'est à peine si le p'tit frisé m'a regardé depuis que je suis arrivée. Tout ce qu'il voit, c'est toi, Nana ! De toute façon, les jumeaux sont pas mal plus mon genre. Ils s'appellent comment, déjà ?

Annabelle a bien tenté de lui expliquer que Loïc et Ludo ne sont pas des jumeaux, mais sa meilleure amie n'en démords tout simplement pas !

Mathis se contente de désigner le frisé du menton. Celui-ci s'avance sans trop oser la regarder. Il finit par lui demander, la voix tremblante de nervosité :

— Bébelle ?

— Ouais ?

— Il faut que je te dise… euh…

— Je t'écoute.

— C'est parce que… je préférerais qu'on en discute en privé.

Annabelle acquiesce sans le quitter des yeux. Difficile de dire ce qu'elle ressent, à cet instant. Son expression est indéchiffrable ; pourtant, c'est sans hésitation qu'elle accepte la main que lui tend Samuel.

En voyant ses deux coéquipiers s'éloigner, Loïc est submergé par une vague de sentiments confus, contradictoires…

Il y a décidément bien de l'amour dans l'air qu'ils respirent dans Lanaudière ! C'en est presque

inquiétant, d'autant plus que notre cher BD préférerait nettement laisser les histoires de cœur aux
autres, pour le moment. Après tout, il a déjà bien
du pain sur la planche pour raviver, à sa manière,
le souvenir de l'unique femme qui compte à ses
yeux: sa mère.

La voix de son frère le sort de sa rêverie.
Ludo prend la parole au micro pour rassurer les
participants et leurs accompagnateurs en leur
promettant que l'épreuve de wakeboard ne
tombe pas à l'eau, mais qu'elle est tout simplement déplacée, de nouveau. Il s'excuse de ce
revirement de situation et les invite à le retrouver sur le terrain des Simard-Aubin, au lac voisin.
Et si possible sans rouspéter (il ne coûte rien de
rêver).

Cette journée prend certes une direction in-
soupçonnée, mais Loïc a l'intime conviction qu'il
se souviendra toujours de cette date comme étant
celle où son meilleur ami a décroché son premier
baiser et lui, son premier trophée.

Bon. Il n'y a encore rien de gagné, c'est vrai,
mais ça lui est égal. Il en est persuadé, et personne
ne le fera changer d'idée.

À suivre…

REMERCIEMENTS

AVERTISSEMENT: Si vous souffrez d'une phobie des énumérations, d'une intolérance aux tranches de vie et d'une peur panique des étrangers, il vous est fortement déconseillé de lire ce qui suit. Ce texte déborde d'anecdotes que vous ne comprendrez pas et de gens que vous ne rencontrerez peut-être jamais.

Il y a tant de gens que j'aimerais remercier, mais j'essaierai cette fois d'être brève. Non pas par économie de mots et d'espace, mais bien par défi, car je commence à connaître mes forces, et je sais que la concision n'en fait pas partie! (On dit qu'un problème avoué est à moitié résolu… n'est-ce pas, Sarah-Jeanne?;))

Puisqu'il vaut mieux tard que jamais, je décerne un merci bien spécial à la direction de la station touristique Val Saint-Côme ainsi qu'à toute son équipe, à commencer par M. Boisvert, Caroline, Georges, Jean, Marc-André, Sam, Simon, Steffanie, Yann…

Merci à tous les jeunes (et les moins jeunes) rencontrés dans les écoles ou dans les salons, et à tous ceux qui me témoignent leur appréciation de la série via ma page «Planches d'enfer» sur Facebook; à ces lecteurs formidables avec qui j'ai développé un lien particulier (Ange, Guillaume, Marie-Pier, Maxime, Patrick…) et aux organisateurs des salons pour m'avoir fait une si belle place dans leurs programmations.

Merci à M. Beauvais, le professeur de français le plus marquant dont il m'ait été donné de suivre les enseignements. Vous ne pouvez pas savoir combien il est encourageant d'apprendre que vous approuvez mon cheminement!

Merci à mon voisin Simon qui a gentiment accepté de me prêter son magazine *Adrenalin* pour une durée indéfinie (d'ailleurs, maintenant que j'y pense, il faudrait bien que je le lui rende!).

Merci à Christian Hatin du Taz ainsi qu'à tous les journalistes, blogueurs et chroniqueurs ayant contribué au rayonnement de la série.

Merci à Pierre Brochu, réalisateur du documentaire *Nos lacs sous la surface*.

Finalement, merci à toute l'équipe des Intouchables, à ma famille, à mon amoureux et à mes amis de longue date. Bref, à tous ceux qui m'encouragent et qui croient en moi…

MERCI du fond du cœur!

Chloé

JARGON DU PLANCHISTE

Backside (ou BS): Terme indiquant, principalement pour les *slides* ou les *grinds*, la position dans laquelle le skateur prend d'assaut la barre ou le module. S'il fait un *backside*, le planchiste se présente dos à l'obstacle, alors que, s'il fait un *frontside*, il est face à l'obstacle. Exemple de figure : *backside 50-50.*

Big air : Ce terme désigne non seulement une épreuve de saut en snowboard, mais aussi la structure de neige sur laquelle se pratique cette discipline. Un *big air* ressemble à une sorte de rampe de lancement géante, ou à un énorme tremplin incurvé. Ce module permet de s'élever très haut dans les airs.

Board : Voir Planche à neige ou Planches à roulettes.

Boneless : Figure aérienne en skateboard inventée par le pro Gary Scott Davis (GSD) dans les années 1980 et qui consiste à attraper sa planche avec sa main avant en la soulevant pour l'entraîner dans une rotation de 180° avant de « replaquer » au sol.

Contest : Compétition.

Curb : Module de forme rectangulaire très allongée sur lequel on peut glisser et, donc, exécuter des *slides* et des *grinds*. Techniquement parlant, l'installation urbaine qui ressemble le plus au *curb* est le trottoir.

Double tantrum : En wakeboard, le *tantrum* et le *backroll* sont les deux premières figures *invert* (c'est-à-dire sauts renversés, la tête en bas) qu'un planchiste réalisera. Le *tantrum* est un *backflip* en prise de carre arrière (*heelflip*) ; un *double tantrum* sera donc constitué de deux *backflip* consécutifs, pour deux fois plus de fum… euh… de fun !

Fifty-fifty (ou 50-50) : Figure consistant à faire glisser sa planche le long d'une barre tout en restant parallèle au *rail* (0°). D'apparence plutôt simple, elle n'en demeure pas moins ardue, puisqu'elle n'est pas du tout naturelle. En effet, pour *slider* de manière plus confortable, avec un meilleur équilibre, il faudrait que la planche soit perpendiculaire à la barre, et le corps orienté vers la zone de réception.

Five-O (ou 5-O) : Figure de skateboard où le planchiste se retrouve en appui sur l'axe arrière, la planche soulevée dans les airs, légèrement de biais par rapport au module. En jargon de skateur : attaquer le *curb* de biais et *grinder* sur le *truck* arrière.

Flat tricks (ou «tricks de flat»): Figures que le planchiste peut réaliser à même le sol, sans utiliser de module.

Flip: Rotation verticale, vers l'avant ou vers l'arrière. *Frontflip*: vers l'avant; *backflip*: vers l'arrière.

Frontside: Par opposition à *backside*. Pour faire un *frontside* en snowboard, le planchiste doit être en appui sur ses orteils, à l'inverse du *backside* qui nécessite un balancement du poids côté talon. Contrairement à ce qu'on pourrait penser, une rotation *frontside* correspond à une rotation vers le côté *backside*. Autrement dit, pour un planchiste en position *regular* (pied gauche devant), une rotation *frontside* se fait dans le sens inverse des aiguilles d'une montre, alors que, pour un *goofy* (pied droit devant), la rotation s'effectue dans le sens des aiguilles d'une montre.

Funbox: Module en forme de trapèze (vivement les cours de géométrie!) dont la surface plane permet au skateur de rouler pour exécuter certaines figures. Le *funbox* peut aussi être désigné par le mot «table». Ce type de module est souvent agrémenté de *rails* ou de *curbs*.

Goofy: Position qu'une personne prend naturellement sur une planche en mettant son pied droit à l'avant, et son pied gauche à l'arrière pour donner à la planche la direction voulue (par opposition à *regular*).

Grab : Mouvement consistant à attraper sa planche avec une ou deux mains durant un saut ou une figure. Il existe plusieurs types de *grabs,* selon la position de la main ou des mains sur la planche et selon la discipline.

Grind ou grinder : Action de glisser sur les axes (*trucks*) de la planche, par opposition à *slider*, qui consiste à glisser sur la surface plane, sous la planche.

Heelside backroll : Figure de wakeboard qui, comme son nom l'indique, consiste à s'élever dans les airs en effectuant une roulade arrière, les jambes propulsées vers l'avant et la tête vers le bas. Ce saut renversé (ou *invert trick*) peut être pratiqué en *heelside*, c'est-à-dire en appui sur les talons, face au bateau ; ou en *toeside,* en appui sur les orteils, dos au bateau.

Kickflip : Figure de skateboard inventée par le planchiste professionnel Rodney Mullen et qui consiste à exécuter une rotation de 360° avec la planche de façon à ce qu'elle soit soulevée dans les airs et tourne sur elle-même dans le sens de la largeur pour finalement atterrir les roues contre le sol. Ça ne vous évoque aucune image mentale ? Dans ce cas, imaginez un méchoui (très

aplati) pivotant à l'horizontale sur sa broche…
Si vous n'arrivez toujours pas à visualiser la
manœuvre, eh bien, allez sur Internet vision-
ner une vidéo! (Une image vaut mille mots,
alors que cette définition n'en compte même
pas cent…)

Lander: Anglicisme tirant son origine du verbe
« *to land* », qui signifie « atterrir ».

Manual: Figure de skateboard où le planchiste
avance en appui sur les roues arrière de sa
planche de façon à ce que le nez soit soulevé
dans les airs sans que la queue ne touche le
sol. C'est ce qu'on appelle un « wheelie » en
vélo.

Nose manual: Il s'agit d'un *manual* inversé ; le
skateur avance en appui sur les roues avant
de sa planche de façon à ce que le nez (*nose*)
rase le sol et que la queue soit soulevée dans
les airs. Cette figure demande un meilleur
équilibre que le *manual* parce que le planchiste n'est pas habitué à ce que ce soit son
pied avant qui dirige la planche, comme c'est
le cas en *nose manual*.

Nose slide: Figure consistant à glisser perpendi-
culairement à la barre en ayant comme seul
appui la partie avant de la planche (*nose*: nez).

Ollie: Figure de base incontournable en skateboard qui consiste à claquer l'extrémité arrière
de la planche de façon à ce qu'elle bondisse

dans les airs. Il est presque essentiel de bien maîtriser le «ollie» avant d'aspirer à réussir des figures plus complexes.

Planche à neige : Comme son nom l'indique, la planche à neige (ou snowboard) est un sport de glisse qui nécessite une planche ET de la neige! Ce sport hivernal est devenu une discipline olympique en 1998, mais il existe depuis bien plus longtemps! Personne ne s'entend sur le nom de l'inventeur, car de nombreuses personnes ont contribué à son essor, mais tout le monde s'entend pour dire qu'il a été inspiré par le surf et par le skate.

Planche à roulettes : Comme son nom l'indique, la planche à roulettes (ou skateboard) est un sport de glisse qui nécessite une planche ET des roulettes! Aussi appelée «board», «skate», «palette»… ou autre, puisque les planchistes sont souvent très créatifs en ce qui concerne leur skate, que ce soit pour lui trouver un nom original ou pour le décorer. Une bonne planche coûte cher, d'autant plus qu'on doit l'équiper d'essieux (*trucks*), de roulements (*bearings*) et de roues pour qu'elle puisse rouler! Logique, non? Plus un skateur s'entraîne, plus la vie de sa planche sera de courte durée… ce qui ne l'empêche pas de la choisir à son goût et même, parfois, de la décorer avec des autocollants ou des slogans pour la personnaliser.

Planche nautique: Sport similaire au ski nautique dans la mesure où il se pratique sur l'eau, avec une corde tendue par un bateau en mouvement ou au moyen d'un téléski, tout simplement. Par contre, il ne nécessite pas de skis, mais plutôt une planche rectangulaire avec des fixations, plus proche du snowboard que du surf.

Quarter-pipe: Rampe à un seul côté. Installation en « quart de lune » de taille beaucoup plus modeste que son cousin, le *half-pipe*. (Voir Rampe.)

Rail: Barre d'acier aussi dite « barre de *slides* ». Les *rails* peuvent faire partie des installations urbaines, comme une rampe d'escalier (*handrail*), ou avoir été spécifiquement aménagés à l'intention des planchistes. Certains modules sont agrémentés de *rails*, mais les barres d'acier peuvent tout aussi bien être installées de façon indépendante.

Rampe: Pour éviter toute confusion, les rampes sont souvent désignées par les termes « *half-pipe* » ou « *quarter-pipe* », selon l'amplitude de leur courbe.

Regular: Position qu'une personne prend naturellement sur une planche en mettant son pied gauche à l'avant, et son pied droit à l'arrière pour donner à la planche la direction voulue (par opposition à *regular*). Cette appellation vient du fait qu'environ 75 % des planchistes adoptent cette *stance* (position).

Revert : Mouvement consistant à changer brusquement de direction (180°) tout en gardant les deux pieds sur la planche.

Rider ou rideur : Personne qui pratique un sport de glisse. Synonyme de « planchiste » et de « *boarder* ».

Rotation : Ce terme désigne uniquement les vrilles horizontales (latérales), puisque les rotations verticales sont appelées « *flips* ». Les rotations viennent pimenter les prouesses des planchistes en ajoutant un degré de difficulté additionnel à une figure déjà bien maîtrisée. Demi-rotation = 180°, rotation complète = 360°, double rotation = 720°, etc. Certaines figures, lorsque combinées à une rotation, sont alors désignées par une nouvelle appellation.

Run : Bien que la traduction littérale de l'anglais soit « course », le mot français qui exprimerait le mieux cette expression serait sans doute « parcours », « circuit », ou peut-être même « descente », dans la mesure où elle serait considérée du point de vue de la compétition.

Slide ou slider : Action de glisser sur une barre de métal ou un *box*, en utilisant le « ventre » de la planche, c'est-à-dire la surface lisse.

Spine : Module formé avec deux *quarter-pipes* collés par leurs arêtes (*coping*).

Skateboard : Voir Planche à roulettes.

Skatepark : Aire de planche à roulettes. On en répertorie une centaine à travers la province de Québec. Il existe des skateparks intérieurs et des skateparks extérieurs. Certains skateurs préfèrent les parcs, alors que d'autres préfèrent improviser dans la rue avec l'équipement urbain qui s'y trouve. C'est ce qu'on appelle « faire du *street* », c'est-à-dire s'exercer en dehors des endroits spécifiquement réservés à la pratique du skate, tels que les skateparks.

Slopestyle : Discipline de planche à neige (ou de ski) consistant à utiliser au mieux tous les modules à la disposition du planchiste : barres de fer, tables de pique-nique, buttes de neige, arbres.

Snowboard : Voir Planche à neige.

Switch : En skateboard, ce mouvement consiste à inverser la position de ses pieds sur la planche ; un *regular* roulera donc en position *goofy*, et vice-versa… un peu comme un droitier qui voudrait bien écrire de la main gauche. Ce changement a pour effet de déstabiliser le planchiste, ce qui rend plus difficile la réalisation des figures. En snowboard, comme il est rare que le *rider* prenne la peine de changer la position de ses fixations sur la planche, le terme « *switch* » fait plutôt référence à ce qu'on appellerait « *fakie* » en skate, c'est-à-dire glisser dans la direction opposée à celle des pieds.

Tail press : En snowboard, variation du *50-50*. En plus de glisser en parallèle sur le module (*50-50*), le planchiste soulève le nez de la planche tandis qu'il prend appui sur la partie arrière.

Trick : Figure en skateboard, en snowboard, en wakeboard, ou dans tout autre sport extrême qui conjugue technique, habileté et créativité. Autrement dit, il s'agit d'un mouvement ou d'une acrobatie qui nécessite un certain entraînement, qui comporte certains risques, mais qu'on n'hésite pas à réaliser pour impressionner les filles et les amis le jour où, ENFIN, on la réussit. (En un seul morceau, autant que possible.) N. B. : Les *tricks* de base sont généralement sans danger…

Truck : Pièce métallique servant à accueillir les roues. On utilise le plus souvent le mot « *truck* » au pluriel, puisqu'ils viennent par deux, chaque planche étant dotée d'axe avant et d'axe arrière.

Wakeboard : Voir Planche nautique.

X-Games : Cette compétition est sans contredit l'une des plus importantes de l'industrie, étant télédiffusée partout dans le monde. En effet, depuis qu'elle a vu le jour en 1995, au Rhode Island, aux États-Unis, elle est devenue l'événement le plus prisé des amateurs de sports extrêmes. Si certains planchistes les considèrent comme un «vaste cirque» en raison de leur aspect très commercial, les X-Games n'en demeurent pas moins un excellent tremplin pour beaucoup d'entre eux! Consacrés à l'adrénaline dans sa plus vaste expression, ces jeux présentent une impressionnante variété de disciplines extrêmes telles que le *SuperPipe* et le *Slopestyle* (snowboard et ski) en hiver, ainsi que le skate, le roller ou le VTT en été.